CANTO DE AMOR

Mientras caminaba, Quinn no pudo resistir el impulso de echarle una mirada a Mercedes por encima del hombro. Desde cualquier ángulo, ella se veía bien. Como alguien que sabe adónde se dirige y cómo llegar allí. Era una señora con un plan.

"¡Eh—mire por dónde va"!

Quinn dio la vuelta. Un segundo más y habría chocado con el camión de mano de un hombre de entrega. A duras penas pudo recobrar su equilibrio.

Sí. Mercedes era independiente, podía cuidarse a sí misma. Y también podía él.

Con tal de que se mantuviera lejos de su bonita, embrujadora cantante...

ESTRELLA

Consuelo Vazquez

Traducción por Lia Burgueño

PINNACLE BOOKS
KENSINGTON PUBLISHING CORP
http://www.encantoromance.com

Para mi esposo, Bill, y mis hijos, Joey y Brandon—
mis estrellitas personal.

PINNACLE BOOKS son publicados por

Kensington Publishing Corp.
850 Third Avenue
New York, NY 10022

Traducción por Lia Burgeño

Primera edición de Pinnacle: August, 2000
10 9 8 7 6 5 4 3 2 1

CAPÍTULO UNO

—Pues, si está buscando una mujer que le bese el trasero, ¡se ha equivocado de chica!

Un movimiento indignado de la cabeza y un taconazo atrevido contra las tablas del escenario y salió de la escena.

Mercedes Romero soltó el aire preso en su garganta, perdiendo por fin la nerviosidad que sentía en el estómago.

Se fijó en la hora. Las dos y treinta y cuatro. Otro medio día libre pasado persiguiendo su sueño.

—Muy bien, señorita... este...

Desde el foso de orquesta, el director movió impacientemente su mano en el aire.

—Sí, está bien, está bien. ¿Quién sigue?

Ella lo miró darle la espalda un poco demasiado rápido.

Él estaba escudriñando la multitud de jóvenes mujeres ansiosas sentadas en las tres primeras filas. Todas tenían más o menos su edad, las que contestaban la llamada para hacer el papel de Allie Smythe, la heroína de *Encuéntrame en la Plaza Trafalgar*. La obra se estrenaría dentro de tres meses en ese mismo teatro al borde de *Broadway*.

Y se estrenaría sin Mercedes Romero como la heroína. Tomó su cartera y bolsa, se tragó el nudo en la garganta y se deslizó por el pasillo del teatro en tinieblas. Si se apresuraba, todavía podría volver al trabajo y convertir el tiempo perdido en un almuerzo muy largo, en lugar de medio día de vacaciones.

Sin embargo, no lo había perdido todo. Y todavía era posible que el director cambiara de parecer y volviera a sus cabales—que se diera cuenta de que aquella cierta joven tenía una gracia especial en su danza, un estilo único de cantar que la hacía sobresalir del resto. Decidiría que, de todos los talentos de veinte y pico de años que él había visto esa tarde, Mercedes Romero era la mejor.

Ella era, como la personaje en el anuncio de audiciones en *Variety*, "atractiva, desafiante, con un estilo muy sexy." Ella *era* Allie Smythe.

Al salir a la vereda de la calle en Manhattan, la desilusión le tiraba del corazón como un niño pidiendo que le prestaran atención.

¿A quién estaba tratando de engañar? El papel de heroína se lo darían a alguna de las otras jóvenes actrices, cuyos créditos anteriores impresionaran al director. Probablemente la linda y larguirucha rubia que había estado sentada a su lado, dándose alarde de una pequeña parte en el exitoso show de la televisión americana, *Amigos*.

Medio caminó, medio corrió a la estación del metro. Era fácil hacerlo a esta hora cuando casi toda la muchedumbre del centro había vuelto a sus escritorios después del almuerzo. Mercedes metió la mano en el bolsillo buscando una ficha para el tren.

Junto con la ficha, salió el recorte del periódico de teatro. Si fuera posible, su corazón se entristeció aun más.

"Larguirucha" no era una palabra que describiera su figura, con sus caderas y senos redondeados. Y en cuanto a las rubias, era posible que no se divirtieran más, pero parecían obtener más partes que una trigueña. ¿Es que no existía en ningún lado ninguna mujer talle 12, de pelo oscuro, que fuera atrevida y sexy? Mercedes arrugó el aviso en la mano mientras bajaba los escalones hacia el metro.

¿Cuál era aquel aviso que había visto debajo del de *Encuéntrame en la Plaza Trafalgar*? Los había desgarrado rápidamente del periódico. Quizá debiera fijarse otra vez, quizá no.

Desahogó su frustración contra el torniquete del metro, empujándolo con furia. El tren que se aproximaba sacudió la plataforma bajo sus pies con vibraciones de trueno. No, no era el tren, era ella. Estaba temblando, había estado temblando todo el día— Primero de anticipación y ahora de desaliento.

Ah, no. Cuando volviera a la oficina, sus bien intencionadas compañeras le harían mil preguntas: "¿Qué tal fue la audición, Mercedes?" "¿Conseguiste la parte?" "Es tan excitante, Mercedes". "No necesitas trabajar aquí". "Algún día veremos tu nombre en luces, eres una futura estrella".

El tren, como una serpiente de hierro, se deslizó por las vías, los carros silbando al pasarla. Pasó un momento mientras disminuía la velocidad y paró rechinando. Un momento en el cual se sintió tan sola. Sola y solitaria, acompañada solamente por su desilusión.

Había suficiente gente a su alrededor para que "sola" no fuera una buena descripción. Un hombre desaliñado bebía algo que tenía en una bolsa de papel marrón. Una joven oriental escuchaba sus audífonos. Tres hombres leían *The New York Post*.

Con gratitud, halló dos asientos vacíos y eligió el de la ventanilla. Las puertas del metro se cerraron. El tren saltó hacia adelante y rodó aumentando la velocidad a través del pasaje subterráneo.

Alisó el recorte contra su muslo para quitarle las arrugas. Debajo del anuncio de la audición del teatro, leyó:

SE NECESITA:
CHICA CANTANTE DE RESPALDO PARA GRUPO DE ROCANROL. DEBE TENER VOZ SEXY DE GRAN ALCANCE. LLAMAR A QUINN.

El número de teléfono que se daba parecía ser de Brooklyn o Staten Island. Entonces había llegado a eso. Mirando la oscuridad que pasaba por su ventanilla, Mercedes suspiró. No quería cantar con ningún loco drogado en un grupo de rocanrol. Ella quería actuar en un escenario o en televisión, o mejor aún en una película de éxito. Era una actriz seria, no una fugitiva de un video musical con pendientes colgados de perforaciones por toda parte de su cuerpo.

En este momento, no eres siquiera una actriz seria. Eres una secretaria. Y, si hoy es una indicación, morirás una secretaria.

Leyó el anuncio una vez más. Lo ridiculizó internamente.

"Chica" cantante de respaldo. ¿Era aquello algo como una "chica" policía o una "chica" ayudante de oficina? "Debe tener una voz sexy". Y debe ser larguirucha, con largo y suave pelo rubio. Y, ¿quiere papas fritas con su orden, señor?

Deja. El aviso estaba escrito por algo o alguien llamado "Quinn." Por favor, ¿qué tal se vería el tal Quinn? Hoy en día, los cantantes de rock eran tan feos como fuera posible. Era probablemente pálido como un vampiro, con pelo lacio y sucio teñido de violeta y le dolería el cerebro cada vez que tratara de decir algo más o menos inteligente.

Qué pena que "Quinn" no había sido el director esa tarde. Con seguridad no habría tenido dificultad en convencerlo de que ella podría ser una coqueta cautivadora.

Mercedes se sonrió.

¿O podría él verla como una refinada y artística, pero rebelde futura cantante, con un resumen producto más bien de su imaginación que de su actual experiencia? En realidad no iba a perseguir el asunto, pero tal vez su guapeza pudiera ser, por fin, un punto a su favor. A pesar de su peso, ese medio estrella de rock vería sus facciones— una combinación de un padre cubano y una madre dominicana— como exóticas.

Volvió a meter el recorte en su bolso, al mismo tiempo que el tren paraba en su estación.

Era un pensamiento travieso. No hizo nada para consolar su pobre corazón, que era reducida a "una lucecita pequeña que apenas brillaba en Broadway", como decía un antiguo refrán. Quizá esa travesura la ayudaría a vindicarse un poco.

A través del teléfono, la joven había afirmado que poseía una voz de cantante sexy. Era obvio que la voz que había oído en el teléfono era suficiente para subir su adrenalina también.

El único problema era, también parecía arrogante. Eso lo recordaba demasiado de Victoria Kingsley, desafortunadamente. Muchacha tensa y materialista, Victoria, su casi esposa, si los padres de ella y los suyos hubieran podido hacer su voluntad.

La puerta de la entrada trasera del almacén, pintada un verde militar parduzco, que parecía a duras penas haber sobrevivido la Segunda Guerra Mundial, cedió solamente después de que él había tirado su peso de lleno contra ella. El grueso sobre de manila que llevaba bajo su brazo, resbaló al piso y Quinn maldijo, cambiando el estuche de su guitarra a la otra mano para recogerlo. Como de costumbre, el almacén hedía como las duchas de los hombres en un gimnasio, y al residuo de combustible de los camiones estacionados afuera en el andén de carga, y solo Dios sabía a qué más.

Él se sonrió consigo mismo. Si la aspirante a cantante de respaldo fuera algo como Victoria, abandonaría la audición después de ver este lugar y nunca volvería a llamar.

Por otro lado, Quinn pensó mientras ascendía el segundo tramo de escalones, si ella no se asustara tan fácilmente por ese ambiente, sería una muchacha que se llevaría bien con los miembros del grupo. Después de todo, estarían viviendo media vida en ese desván del cuarto piso, alquilado para ensayos nocturnos por la administración del almacén. Si el precio estuviera bien y la muchacha también, quizá pudieran hacer que su sueño finalmente despegara de la pista de aterrizaje, donde había estado durante meses.

Él subió el último tramo, dos escalones a la vez, viendo una cucaracha de dos pulgadas de largo escurriéndose a lo largo del marco de la ventana. ¿Cómo podría ser más repugnante ese lugar? Todavía Straight-Up Tequila estaba apenas en la etapa de comienzo, cuando un tipo no podía esperar disfrutar del Ritz y Dom Perignon. Quinn se preguntó si su posible nueva miembro del grupo se había encontrado con la cucaracha en la ventana y había comprendido eso.

Su nombre era Mercedes. Sin apellido. Otra, "un-nombre-sin-apellido-es-lo-único-que-necesita", auto electa

princesa musical. Con toda probabilidad, ella sería más
un Honda destartalado que un elegante Mercedes.

La puerta del desván estaba apenas entreabierta. Él
podía oír el susurro de equipo mientras Steve Kauffman
preparaba sus tambores, Ryan McCoy rascaba su guitarra... y la Mercedes ronroneaba como el gatito proverbial.

Esto, él tenía que verlo.

Cuando entró en el cuarto, a primera vista lo saludaron
un par de piernas femeninas. Las piernas cruzadas casualmente tenían líneas graciosas y la piel aceitunada. Un pie
pequeño, en tacones altos, meneándose coquetamente de
un lado a otro. Esas lindas piernas estaban conectadas al
resto del paquete: una mujer en un minivestido rojo
fresa, con pelo castaño lacio que le llegaba hasta los hombros delicadamente redondeados. Sus rasgos eran ricos
con etnicidad; hispana, él supuso. Una máquina caliente
hispana, de buenas líneas y graciosa.

Definitivamente átense los cinturones de seguridad. —
Usted debe ser el Corvette. —Él depositó el estuche de su
guitarra, frotando su mano en la pierna de los pantalones
vaqueros—. Un Stingray del setenta y dos, para ser
exacto. Motor V-8. ¿Hecho en Londres?

Mercedes lo miró con los ojos entornados y se recobró
a tiempo, inyectando una dosis saludable de acento en su
anuncio:

—Lo siento. No tengo ni idea a lo que se refiere.

Ryan, sentado en un taburete cercano con su bajo en
su regazo, le sonrió:

—Creo que se suponía que eso fuera un piropo. Un
juego de palabras, también.

—¿Un juego de palabras?

—Sí. Su nombre es Mercedes. Quinn está diciéndole
que usted es más como un Corvette del setenta y dos.

Quinn. ¿Ése era Quinn? Ésta era una sorpresa.

Recuperándose fácilmente, ella rodeó sus rodillas con
sus manos, permaneciendo sólidamente en carácter.

—¡Ah, sí! Ahora me doy cuenta. Eso es bastante gracioso. —Su risita era sintética, incluso para ella—. Usted

está comparándome con un automóvil. ¡A las mujeres nos parece que el ser comparadas con un coche "ella es un Rolls, ella es un Toyota" es muy halagador!

Automáticamente, Quinn levantó sus cejas. Lo estaba regañando. Ligeramente, con humor, pero lo estaba previniendo. ¿Ya? Ése era un nuevo récord.

Habían tenido un comienzo interesante.

—Bien, su nombre es Mercedes, —él la hizo recordar, exteniendo su mano—. Ése es su nombre verdadero... ¿Sí?

—Sí. Y su nombre verdadero es Quinn, creo. —Con una uña en la barbilla, ella lo recorrió con sus ojos—. Pero yo diría... hmmm... Por supuesto, mi conocimiento de autos es horrible, pero yo diría que usted es un... un Chevy Mustang. Sí. Del sesenta y ocho. También con un motor V-8. Arranque fantástico.

Los otros hombres en el cuarto la premiaron con su risa. Mercedes admitió que no le molestaban los otros muchachos. Ella no había estado muy entusiasmada con la idea de estar sola con tres hombres cuando había entrado en el almacén. Pero Steve, Ryan y el del sintetizador, otro hispano llamado Onix Pérez, parecían bastante inofensivos.

Desgraciadamente, lo mismo no podía decirse de su jefe, Quinn. Apellido, Scarborough. ¿Dónde estaba su pendiente? ¿Su tatuaje? ¿El obligatorio pelo color violeta? Él no se parecía nada a lo que había esperado— salvo ese pelo largo, espeso, más ondulado que el suyo, un castaño más bien claro, domado por una coleta prolija. Nunca le había gustado el pelo largo en los hombres, pero extrañamente, en él, resultaba atractivo.

—¿Tiene usted apellido, Mercedes?

Hubiera sido muy fácil mentirle. No le importaba conseguir ese trabajo, no lo quería, no quería tener que explicárselo a su agente. Lo único que ella quería era probar su argumento. Que su talento no tenía límites.

—Romero, —ella respondió confidentemente—. Y sí, es latino. Yo sé que eso confunde a algunas personas. Mi padre es cubano, un ejecutivo comercial, y mi madre es dominicana. Pero yo nací en Nueva York, y nosotros hemos vivido en esta área desde que tengo memoria.

—Gracias por ofrecer esa información, señorita Romero, pero no le preguntaba acerca de su nacionalidad. Simplemente le preguntaba cuál era su apellido. No me preocupa su nacionalidad. Me preocupa su voz. Y el interés que usted tiene en ser parte de nuestro grupo.

—Ah. Por supuesto, por supuesto. —Mercedes se apartó el pelo de la cara con los dedos. Él le había ganado esa mano, con esa manera callada pero todavía autoritaria. No sucedería de nuevo. Ella se aseguraría de eso—. Tengo mucho interés en unirme a su banda, le aseguro. Tengo tres años de experiencia, en la zona del este.

Onix se acercó:

—¿La zona del este de dónde?

—Está hablando de Londres. El *East End,* muchos músicos —Quinn explicó—. Tipos artísticos. Le diré que estoy muy impresionado hasta ahora. ¿De qué clase de experiencia estamos hablando?

Ella lo miró mientras acercaba una silla plegable, montándola y enfrentándose con ella. Su expresión seria, los ojos azul cobalto dominando los de ella. Pero un lado de sus labios se curvaba, haciendo sospechar que una sonrisa no estaba lejos.

—Yo canté para la Conexión Allie Smythe —se negó a vacilar—. Quizá eso no le suene. Pero, canté la voz principal en *Encuéntrame en Trafalgar Square.*

—¿Eso era una canción? —Steve preguntó, sacudiendo la cabeza.

—Sí. Desgraciadamente, no recibimos ninguna distribución aquí en los Estados Unidos. Pero en Londres, alcanzó la cima de los cuarenta principales. Hasta llegar al número dos. ¡Ah, ésa fue una época excitante!

—Creo que es posible que la haya oído. ¿Cuándo salió? —Quinn le preguntó.

—Realmente lo dudo. Salió hace dos años...

—¡Sí, ya lo creo! La he oído. Estoy bastante seguro. Estuve en Londres hace dos años, de respaldo para otra banda. Si es la misma canción en la cual estoy pensando. La pasaban constantemente en todas las estaciones. ¿Por qué no canta usted un par de estrofas? Ayudaría a refrescar mi memoria.

Mercedes frunció los labios. O era un idiota consumado o un cliente mucho más duro de lo que ella había pensado. Lo miró mientras buscaba el estuche de su guitarra, lo abría, y con cuidado sacaba una Gibson eléctrica. Ella notó la hendidura terca en su barbilla fuerte y el rastro débil de una cicatriz en su mejilla izquierda.

—Yo...yo no podría. Quiero decir, lo haría, naturalmente... pero esa canción aviva todo tipo de recuerdos negativos en mí.

La miró con curiosidad:

—¿Pensé que fue un tiempo excitante?

¿Estaba burlándose sutilmente de ella? Se sentó tiesamente.

—Excitante, ciertamente. Pero, pero, había... bien, con Allie que fue arrestada y todo ese escándalo en la radio y los periódicos— tiene que haberlo leído en todos los diarios— y la separación del grupo, le digo, fue horrible. ¿Le gustaría oír lo que tenía planeado cantar esta noche para usted?

Él le dio una sonrisa afectada que al instante la enfureció. Ella casi podía ver las palabras "un gol para Quinn, cero para la falsa señorita Romero" en esa mueca morena.

—Está bien. Lo que le resulte más cómodo. ¿Muchachos?

Ryan, barbudo y más rechoncho que el resto de Straight-Up Tequila, fue el primero en ponerse de pie:

—Bueno. Tengo que comprar un paquete de cigarrillos de todos modos.

—Y yo necesito un poco de café, —Steve masculló—. ¿Te traigo algo, Quinn?

—No, gracias. Necesitaremos aproximadamente quince minutos, así que no se apresuren.

—¿Y qué tal usted, Mercedes? ¿Café? ¿Algo?

Los otros tres ya estaban saliendo. Ella pudo sonreír, sacudir la cabeza, mostrando su botella medio llena de agua mineral. Devolviendo su sonrisa, el guitarrista cor-

pulento salió después de Steve y Onix, cerrando la puerta
detrás de ellos, dejándola sola con Quinn.

—No hay necesidad de ponerse nerviosa. Antes de que
la oiga con el grupo, quiero oírla sola. Solamente usted,
acompañada por el sintetizador. Quiero oír esa voz sexy y
el gran alcance suyo.

Ella se levantó de la silla, siguiéndolo a través del
cuarto hasta el sintetizador con la hoja de música en la
mano.

—Yo no estaba poniéndome nerviosa, —protestó ella, y
luego recordó endulzar su tono—. Mas que la nerviosidad natural de saber que mi voz está siendo analizada.

—Oiga, Mercedes. Yo estuve de veras en Londres, usted
sabe, un par de años atrás, haciendo de respaldo en el estudio.

—¿Y?

—Y usted está pensando en el extremo del oeste, no el
extremo del este. Después de supuestamente pasar tres
años allí, yo pensaría que sería difícil confundir los dos.

Las hojas de música casi saltaron de sus manos del
susto. Dos reveses en una semana. Primero el director de
la obra fuera de Broadway que no la había llamado y en
realidad, nunca habría de llamarla. Ahora, este corpu-
lento cantante principal de un grupo del cual nadie
había oído hablar ninguna vez.

—¿De veras? —ella preguntó, tersamente—. ¿Qué
quiere decir usted?

—Pienso que es muy claro, ¿no? Antes de contar historias, debe asegurarse de que tiene sus hechos bien memori-
zados. No hay ningún significado oculto aquí. Y yo debería
saber. También salí con una ingeniera de sonido de Inglaterra durante un año aproximadamente. Así que usted podría haber engañado a mis compañeros, pero a mí, no.

Él era tan fresco, tan metódico. Quitando tranquila-
mente las hojas de música de sus manos, poniéndolas delante de él y sentándose al teclado.

Como no veía ninguna razón para prolongar la cha-
rada, Mercedes se defendió:

—Si la audición ha terminado, ¿por qué se molesta en proseguir con los movimientos?

—¿Ha terminado la audición? No sé. Todavía estoy intentando adivinar por qué pensó que era necesario inventar esta historia detallada sobre su experiencia. —Él entrecerró los ojos al mirarla—. ¿Cuántos años tiene?

—Veintitrés. ¿Qué tiene que ver eso?

—Nada. Veintitrés, me parece, es lo suficientemente madura como para saber que es mejor ser honesta. Yo podría usar a una señora con alguna experiencia. O a alguien que recién empiece que tenga una buena voz, cuya actitud sea profesional. Me da lo mismo. No me importa de una manera u otra. Pero no me gusta que alguien se crea que está bien perder mi tiempo. ¿Quiere cantar con nosotros o no?

No. Le resultaba muy difícil no decirle lo que podía hacer con su banda, pero mantuvo la boca cerrada por un momento.

Él había visto a través del papel que ella misma se había adjudicado, como si fuera transparente. Como si ella fuera la peor actriz del mundo. ¿Había compartido el director de la obra esa opinión poco halagüeña? ¿Era ése el motivo por el cual ella no había obtenido la parte de Allie Smythe? Mercedes se ruborizó de vergüenza, pensando en el ridículo que había hecho en el teatro esa semana. Transfirió su enojo a Quinn Scarborough, sentado delante de ella con un brazo musculoso encima del teclado, mientras esperaba su contestación.

Él tenía más de veintitrés años. Apenas tenía treinta años, pero tenía unos años más que ella. Se imaginó que la veía como una niña en cuerpo de adulto, mientras trataba de decidir si le daba una oportunidad para redimirse o la echaba sin ceremonias del estudio. Qué pena, en realidad, porque por un lado lo hallaba sexy y atractivo, aunque quizá un poco áspero por los bordes.

—¿Bien?

—Quiero cantar con ustedes —contestó apresuradamente—. Y debe saber que estaba diciendo la verdad sobre mi experiencia. Yo he cantado profesionalmente antes.

Esperaba que él no insistiera en detalles. Había cantado profesionalmente... Le habían pagado por cantar en el coro en una producción muy lejos de Broadway. En total, ella había ocupado espacio en ese escenario durante veinte minutos en cada función. Los críticos habían desechado la obra, los que la financiaban habían retirado su soporte y su trabajo de actriz se había esfumado después de seis actuaciones.

Por alguna razón, ella no quería confesarle eso a Quinn Scarborough, sentado allí en el banco, mirándola tan críticamente. Pensando probablemente, que podría permitirse el lujo de rebajar unas cinco libras. O diez. O quince.

—¿Entonces, por qué el acto? —Era terco, él no le permitiría evadirse—. Odio insistir, Mercedes, pero quiero aclarar el aire. Asumiendo que nosotros le permitiéramos unirse a nuestro grupo, quiero saber con quién trabajo.

¿No podía darle la maldita audición? Mercedes suspiró, sabiendo con certeza que la verdad la hundiría.

—Pensé que si pretendía tener más experiencia de la que realmente tengo, entonces usted... tendría más interés en trabajar conmigo.

—No parece estar muy segura de sus habilidades, si piensa que tiene que inventar ese cuento tan obvio. —Quinn masculló su respuesta, volviendo su atención a la música—. Bien, bien. Supongo que debemos seguir con esto. Los muchachos regresarán pronto.

—¿Necesita que la toque para usted? Es posible que no la haya oído antes...

Quinn se tragó una réplica mordaz. Era lo suficientemente malo que ella hubiera incitado sus sospechas tratando de pasar por una muchacha hispana. Pero ahora también descubría un cierto aire presuntuoso, junto con las mentiras anteriores.

¿Qué podía esperar? Tenía veintitrés años y era joven e inexperta. Aunque él tenía que admitirlo: ella ponía un buen frente.

—He visto la obra a la que pertenece la canción. Dos

veces. Una vez en el pabellón Dorothy Chandler en Los Ángeles, y otra vez aquí.

Dándose cuenta de que se estaba estrujando las manos delante de él, las escondió detrás de ella. Él la ponía nerviosa, al contrario de sus compañeros que la habían hecho sentirse muy cómoda.

Pero, ninguno de ellos la fascinaba con sus ojos.

—¿Quizá debería haber traído otra pieza para la audición?

—No, está bien. Es una gran canción para demostrar el alcance de una voz. Eso es... si piensa que puede alcanzar estas notas.

¿Exactamente quién diablos se creía él que era? Había entrado, tan alto y poderoso con esos pantalones vaqueros apretados y desvaídos que anunciaban su sensualidad masculina con tanta claridad.

Se estaba adelantando a sí mismo, olvidándose de que él también era un desconocido, ensayando en esa ubicación sucia, no exactamente un estudio privado con alta tecnología. Ella era lo mejor que vería pasar a través de su puerta, y le daría inmenso placer informarle de que había cambiado de parecer acerca de unirse a su banda tonta. Esta vez, ella sería la que daría la desilusión, en lugar de recibirla.

—Usted será el juez, —ella le dijo gravemente.

—No se preocupe. Al fin de todo, lo seré.

¡Y me rechazaría sólo para darme un dolor mayor en mi trasero!

Mercedes se tragó esas palabras. Pura obstinación le impidió irse, acabando ese mal chiste de audición inmediatamente. Sentiría satisfacción instantánea una vez que le dijera que no podría molestarse con su banda desgraciada. Que ella tenía cosas más grandes—mucho más grandes— que hacer, y que había sido rechazada por mejores que él.

Ese tipo de satisfacción sólo podría ser suya si le diera a ese presumido pirata moderno, una muestra de lo que se estaría perdiendo. Su anuncio había pedido sexy; él iba a ver sexy. ¿Así que él quería gran alcance? Desde la primera estrofa de esa canción, estratégicamente escogida por ella de su colección de materiales de audición, ella demostró su voz— su voz, entrenada profesionalmente y perfeccionada bajo la dirección de Estelle Wright, una de las preceptoras vocales principales en la ciudad. Hubo un sacrificio a setenta y cinco dólares por cada sesión de media hora, que ella había pagado a los diecinueve años. Había tenido que llevar muchos almuerzos en bolsitas de papel, y rechazar muchas invitaciones de sus amigas para salir los viernes a los clubes nocturnos.

Y no había habido otro modo, una vez que su padre había pronunciado la ley. Él pagaría por una universidad o entrenamiento técnico—algo que él juzgara práctico— pero en cuanto a algo que tuviera que ver con su sueño loco, ella tendría que arreglárselas sola.

A mitad de la canción, las manos de Quinn—de dedos largos, pero sorprendentemente más ásperas que la mayoría de las manos de músicos que ella había visto—cayeron del teclado.

—No está mal —murmuró—. Bien, tratemos de nuevo. Esta vez, veamos cómo se oye su voz con la mía.

—¿No está mal? —Mercedes resopló incrédula—. ¿Sabe con quién me entrené yo?

—No. Aunque indudablemente me lo dirá.

Sus hombros pequeños se enderezaron y se levantó la pequeña barbilla orgullosa.

—Estelle Wright. *La* Estelle Wright.

—Ah. Y esto significa... ¿qué para mí? —La miró con fijeza hasta que ella tuvo que desviar los ojos—. ¿Quién está dirigiendo este show? ¿Usted o yo? Desde el principio. Vamos.

¡Estelle Wright! ¿Quién infiernos era Estelle Wright? Empezó a tocar por segunda vez el teclado, golpeando las teclas más duro de lo que Onix Pérez hubiera apreciado.

Su preceptora vocal era probablemente **tan ficticia** como su compañera en la cárcel, doña Fulana **Allie**. Sus mentiras no lo molestaban tanto como su proximidad. Tenía puesto algo, colonia o perfume, que lo distraía de la hoja de música que tenía delante de él.

Su voz no ayudaba. La muchacha podía cantar, no había ninguna duda. Era mejor que las otras cantantes que habían venido e ido a formar parte de la historia de Straight-Up Tequila. Podía cantar, y esa voz lo llevaba a pensar en algo y solamente en ese algo. Un algo que no pertenecía para nada en esa situación.

Lo más exasperante era que ella estaba muy consciente de su talento. Sabía que tenía una voz especial y su ego lo demostraba. De la misma manera que tenía que saber que se veía sexy con ese vestido corto.

Nunca le habían gustado las mujeres frágiles como las de las tapas de revista de moda. Para él, ésas eran mujeres que serían aplastadas demasiado fácilmente en los brazos de un hombre, cuando se sintiera apasionado y fuera arrasado por al fuego de hacer el amor—ah, infiernos—cuando perdiera la cabeza, para ponerlo simplemente.

Esta mujer no se aplastaría tan fácilmente. Era más fuerte, más saludable. Formada como un reloj de arena. Sólida. Podría envolverse alrededor de ella y tendría los brazos llenos de pura mujer.

Intentó concentrarse en la canción. No se suponía que una audición le apretara los pantalones vaqueros entre las piernas, caramba. Ni el cantar con una muchacha, lo que había hecho con frecuencia anteriormente. Cantar con ella lo estaba turbando. Tenía que ser su imaginación, pero sus voces se fundían juntas demasiado libremente. Su voz acariciaba la de ella, y la de ella respondía seductoramente.

Antes de que lo supiera, su sangre estaba corriendo caliente por sus venas, y lo más lejano de su mente era Straight-Up Tequila.

—Bien, eso es suficiente por ahora. —Abruptamente, Quinn se paró del banco—. Tengo su número de teléfono, Mercedes. Tengo que hablar con los otros muchachos, pero de cualquier modo, nos pondremos en contacto con usted.

Mercedes abrió la boca de sorpresa:

—Eso no fue lo que usted me dijo. Dijo que quería oír mi voz sola y luego con todos los instrumentos.

—Ya sé lo que dije. Pero tengo bastante para poder decidir. —Plegando su música, se la ofreció—. Cuando tomemos nuestra decisión, le avisaremos.

Otro rechazo. Ésa era una audición que debería haber pasado sin problema. A pesar de la fragilidad de su autoestima, ella mantuvo su terreno.

—Tengo la impresión de que no le gustó mi voz. ¿Cómo se oía sola? ¿Cómo se oía con la suya? ¿Qué? ¿Qué fue lo que no le gustó?

—No tiene nada que ver con su voz. Tiene una voz bella. Y va estupendamente con la mía. —*Se involucra en placeres carnales con la mía. No, no puedo decir eso*—. Este... Me gusta como suena con la mía.

Ella apretó la música contra su pecho, controlando su impaciencia.

—Bien, así que mi voz es bonita, le gusta cómo se oye con la suya. ¿Entonces, por qué no me da una chance con el resto del grupo?

Casi con voluntad propia, sus manos empezaron a alzarse para consolar esos hombros suaves. No estaba imaginándolo; la muchacha había sido herida por su aspereza.

—Porque ya he oído bastante —suavizó su tono—. Y no necesito oírla con el grupo.

—Claro. Está molesto porque entré pretendiendo ser algo más. El permitir que llegáramos hasta aquí antes de decirme que no me va a contratar es su manera de desquitarse. ¿No?

Ella lo desconcertó totalmente con eso.

—No. Yo no trabajo de esa manera. —Quinn cruzó los brazos—. No hubiera perdido el tiempo, permitiéndole que llegara tan lejos. Tendrá noticias de nosotros. Ya sea sí o no, señorita Romero. Ahora mismo, mi grupo y yo tenemos que hacer cierto trabajo.

Un pensamiento pasó por su mente, desgarrándole las entrañas.

Su habilidad como actriz no era tan impresionante como había creído. Quizás su habilidad como cantante, sin tener en cuenta quién había sido su preceptora o cuánto tiempo y dinero había gastado en sus lecciones, no era nada extraordinaria tampoco.

No era suficientemente buena para Broadway. No lo era tampoco para un grupo pequeño y anónimo que tocaba en locales estrechos y oscuros. Se sintió destrozada.

—Bien. No querría interrumpir su *trabajo*. Gracias por su tiempo, entonces.

—No. Gracias a usted.

Reconoció el sarcasmo en la palabra *trabajo* y lo dejó pasar sorprendido de verla tomar su ambivalencia de tan mala forma.

Lo que tenía que significar... que había sido seria acerca de la audición. Eso hizo que su decisión, particularmente la base en que la había tomado, lo hiciera sentir como un idiota.

La puerta se abrió en el momento que ella la alcanzaba. Onix, sosteniendo una taza humeante de café, encabezaba el regreso del trío de músicos al entrar al cuarto.

—¿Eh, pero te vas tan pronto? —Quinn le oyó preguntarle en su idioma mutuo—. ¿Tú hablas español, verdad, Mercedes?

—Sí. —*Y nunca canté en Inglaterra. Te lo va contar todo ese tipo. Parece que no le caí bien.*

—Yo también. Hablo español, quiero decir. Un poquito. Y me caíste muy bien como cantante. Que tengas muy buena noche, muchachita.

Mercedes se dio vuelta para enfrentarse con Quinn, que sonreía sardónicamente. El resto del grupo se rió ante su sorpresa genuina, y finalmente le abrió el paso para que saliera con brusquedad.

Inflexión perfecta, acento perfecto. Todo hecho con encanto perfecto. Un insulto perfecto para una perfecta ofensa.

CAPÍTULO DOS

Pasaron los días. El fin de semana había pasado rapidísimo por suerte. Ese fin de semana Mercedes tomó la decisión de renunciar a su sueño para siempre.

La llamada telefónica a su agente hecha desde su escritorio fue mas bien como un brindis a los sueños pasados. Fuerza de costumbre. Para demostrarlo, aunque si por milagro, Ron Carraway tuviera algo para ella, lo rechazaría. Eso le mostraría al mundo. El mundo podría haberla tenido antes, pero ahora el mundo se embromaría.

—¡Eh, Mercedes! Te me anticipaste, chica. Te iba a llamar. Tengo algo para ti.

La mano que sostenía el cartoncito de *lo mein* tembló. Con la otra, Mercedes apretó el teléfono a su oreja.

—¿Tú... tienes algo, Ron?

—Sí. No te entusiasmes demasiado, es solamente una parte de caminar delante de la cámara durante unos segundos. Necesitan extras para una película de horror nueva y de bajo presupuesto. Creí que te interesaría.

Se rió nerviosamente y agarró el lápiz más cercano, pronta para garrapatear la información en el calendario de su escritorio. Misteriosamente, siempre funcionaba de esa manera. Siempre que ella decidía dejar las tablas (lo que sucedía cien veces por año), el trabajo surgía milagrosamente. Éste era para una película. ¡Paga extraordinaria!

¿Quién lo necesita a usted o a su grupo, Quinn Scarborough?

—El asunto es que empiezan a filmar mañana. Tu escena, si todo va bien, se filma el miércoles.

—Caramba. Un día de aviso. ¿Qué había de nuevo? —

Echó una mirada hacia la oficina de su jefe, enfrente a su escritorio del otro lado del pasillo—. El miércoles... Un día, ¿verdad?

—Sí. El miércoles, ojalá, tú entras a las duchas del gimnasio y el asesino loco te apuñala. El miércoles, te mueres. El jueves, regresas al trabajo. Viva Hollywood. ¿No?

—Sí, viva. Preferiría no tener que volver aquí, quedarme para siempre en el escenario. Tú sabes eso. Pero, Ron... una pregunta.

—¿Qué?

—¿Qué estoy haciendo yo en las duchas del gimnasio? No estoy... medio desnuda. ¿No?

En el otro extremo de la línea, su agente suspiró.

—Mira, Merce, voy a ser honesto contigo. Si tú quieres tener éxito en este negocio, ya tienes que superar ese problema pequeño de la desnudez.

Ahora le tocó a ella suspirar. Su problema con la desnudez. Problema compartido por sus padres hispanos anticuados: su padre sobre todo. Pondría el grito en el cielo si viera alguna vez a su pequeña haciendo cabrioletas en cuero en una pantalla. Y en Technicolor, nada menos.

El problema de papi era que no se acordaba que ella ya no era una niña. Tenía su mayoría de edad, podía beber, votar, manejar y desvestirse delante de los técnicos de la cámara, si a ella se le antojara. Por sus propios motivos, ella había decidido no hacerlo.

—No es un problema, Ron. Es una convicción personal. Me gustaría tener éxito sobre la base de mis talentos, no en cuántas veces me he despojado de la ropa y he permitido que me exploten.

—Supongo que eso está muy bien. Todas las muchachas buenas como tú empiezan por creer eso. Si te lo he dicho una vez, Mercedes, te lo he dicho mil. Si tú y otra chica compiten por un papel que requiere sexo y desnudez, ¿quién piensas tú que va a lograrlo? Tu tendrás tus ideales. Ella tendrá el papel. Los ideales nunca convirtieron a nadie en una estrella.

Haciendo una mueca de dolor, ella le dio a su lápiz contra el calendario de su escritorio.

—Consígueme la información, Ron. Vamos a ver lo que decido.

Una vez que había colgado el teléfono con su agente, decidió hablar con su jefe. Bernard Krueger había reemplazado a su jefe anterior. Su antiguo jefe viejo había sido muy comprensivo y le había dado aliento en cuanto a sus aspiraciones en el teatro. Habían tenido una relación de "una mano lava a la otra" y mientras que él le permitía tomar su tiempo libre, ella compensaba por las horas perdidas quedándose tarde y trabajando los sábados.

En contraste, a Krueger lo llamaban afectuosamente Satanás en la oficina. No a su cara, por supuesto. El "príncipe de las tinieblas" representaba con su personalidad estelar el prototipo del vicepresidente corporativo.

—No me lo diga. Permítame adivinar. Usted necesita tiempo fuera, de nuevo, para seguir su carrera de actriz. ¿Adiviné correctamente?

Ojos-de-águila Krueger también tenía oídos de sonar. O él era de verdad el diablo, capaz de leer mentes. O un practicante experimentado del arte humano de escuchar las llamadas telefónicas personales de sus empleados.

Mercedes se heló en la puerta a su oficina.

—Entre, señorita Romero. Siéntese. Necesitamos hablar. —El ejecutivo señaló con una mano diminuta el sillón que enfrentaba su escritorio—. Entre, entre. No la he de morder.

Su estómago dio revoloteos mientras hacía lo que se le había dicho. En retrospecto, ella se preguntó por qué había comido *lo mein* y un rollo de huevo para el almuerzo, ahora que sus nervios le estaban dando una náusea leve. Comida china, helado de chispitas de chocolate, barritas de caramelo. Nada era mejor que picotear después de enterarse de que ella no era tan buena actriz o cantante como lo había pensado.

El picotear no podría ayudarla ahora. Humillarse era lo que presentaba en cambio este menú.

—Esta vez será sólo un día, Bernard. Lo siento por el aviso corto. Pero vendré temprano el jueves...

—La respuesta es no. No, no puede tener el miércoles libre.

Desconcertada, pestañeó:

—Bien, señor, aún tengo un día personal y cuatro días de vacaciones.

—Dije que no. Todos los demás en esta empresa dan más de un día de aviso cuando ellos necesitan tiempo libre. ¿Por qué las reglas no deben aplicarse a usted, Mercedes?

El pánico y enojo se mezclaban dentro de su ser. Krueger, como Napoleón y Hitler, era pequeño en estatura y un tirano. Una persona bastante mala. Les daba mala reputación a todos los hombres bajos.

—En mi opinión, Mercedes, yo he sido muy paciente con sus, eh... correrías en esta área. —Como olfateando, él siguió—: Sin embargo, no necesito una actriz de jornada parcial. Necesito una secretaria de jornada completa. Me preocupa su carrera aquí con Dominion Mutual.

No le gustaba lo que estaba oyendo. Ni le gustaría al propietario de los apartamentos a quien ella le pagaba con regularidad por su cómodo apartamento de un dormitorio en Hoboken.

—¿Qué está diciendo usted, señor?

—Es muy sencillo. Yo estoy diciendo que estas largas horas de almuerzo y las sorpresas de que "no voy a estar aquí mañana" han sido demasiadas. Su sueño de hacerse una actriz está arriesgándole su empleo aquí en *Dominion*. Y ya estoy muy harto de su falta de interés en su empleo, joven.

Si perdiera su trabajo, no podría permitirse el lujo de pagar su alquiler. Si no pudiera pagar su renta, la echarían de su apartamento. Si eso sucediera, tendría que volver a casa de sus padres. La gran oportunidad para que papi se pusiera severo.

Claro, vuelve a casa. Con una condición: que regreses a la universidad y te olvides del Oscar.

El rebajarse se había vuelto simplemente una cuestión de vida y muerte.

—Bernard, no sé si puedo hacerle comprender lo involucrada que estoy con mi trabajo. —Habló rápido, mintiendo desvergonzadamente—. Me encanta trabajar aquí. Y aprecio, realmente, cuántas concesiones usted ha hecho por mí. Es que el dejar caer todo y presentarse para una audición es la naturaleza de esta carrera.

—Bien. No estoy diciéndole que no la siga. Pero usted va a tener que hacer eso en su propio tiempo. —Su mirada fija podría haber enfriado una botella barata de vino.

—Éste es mi propio tiempo, señor. Estoy pidiéndole un día de vacaciones.

—Y estoy diciéndole que no puede tenerlo, maldición. Usted lo pide con dos semanas de antemano, a menos que sea una emergencia familiar, o usted vacía su escritorio. ¿Ahora me he hecho entender?

Stuart Klein le habría dado el día libre sin problemas. Su antiguo jefe incluso habría estado muy alegre, diciéndole "que te quiebres una pierna," el deseo tradicional de buena suerte.

Buen tipo, el Sr. Klein, se había ido a otra empresa de seguros. En cuanto a su nuevo jefe, él estaba diciéndole que llamara a su agente y le informara que tenía la libertad de enviar a otra de sus clientas.

Mercedes salió silenciosamente de su oficina, con el corazón apenado.

Siempre era algo. O no era bastante bonita o bastante delgada para obtener una parte. O ella no podría cantar lo suficientemente bien, aun como una cantante de respaldo.

Ésta era una nueva: estaba demasiado empleada para conseguir la parte. Cómo necesitaba una barrita de chocolate.

—Alguien te llamó mientras estabas con Bernard, Merce. —Gloria, la única secretaria en fila ejecutiva que estaba cerca de la jubilación, señaló el escritorio de Mercedes— Te dejé el mensaje.

—Gracias, Gloria.

Steven Spielberg había llamado. Dice que él está filmando una película nueva y necesita una latina bonita para el papel princi-

pal. Aunque dice que no le pagará diez centavos más de cinco millones. Arrivederci, *Krueger, nene.*

Eso nunca ocurriría.

En cambio, el mensaje era: Quinn llamó. Estará en esta área hoy, le gustaría verte. Llámalo.

Mercedes se sonrió irónicamente. ¿Estaba rechazándola o contratándola personalmente? Quizá simplemente quería agregar a sus problemas, como el resto del mundo.

Del modo que las cosas marchaban, a ella no le importaba. De todos modos él estaba sacando tiempo de su propio día para verla. Ella marcó su número, inesperadamente excitada por la perspectiva de verlo una vez de nuevo.

Éste no era un miembro cualquiera de su banda. Quinn no se habría demorado en el centro por un tiempo más largo de lo necesario por cualquiera de los muchachos.

Él hubiera preferido que la joven se reuniera con él para el almuerzo. Su cantante de respaldo—si aceptaba serlo—había rechazado la idea, diciendo que ya había almorzado. ¿Podrían, en cambio, encontrarse para un trago después del trabajo?

Bien, infiernos. La única razón para querer almorzar con ella era que había estado en la ciudad, de todos modos, hablando con el dueño de un club pequeño del lado oeste sobre un posible trabajo. No obstante, se había puesto de acuerdo, pasando el tiempo en librerías y tiendas de música en la vecindad de su oficina.

Después de lavarse las manos, examinó su cara en el espejo del baño. ¿Le había sido repugnante su cicatriz a ella?

Ése era un pensamiento que había venido de la nada. No, en realidad, había venido del mismo viejo lugar— Su misma y vieja auto conciencia—desde que tenía diecisiete años, cuando la hoja había rebanado la piel de su cara, dejándolo desfigurado para siempre.

¿Qué le importaba sin embargo? No estaba interesado en Mercedes Romero como mujer. Tenía debilidad con mujeres de su propia edad o mayores, más maduras y sensatas que una joven caprichosa alrededor de los veinte—intrigante, pero caprichosa.

Todavía se demoró en el espejo, enderezando el cuello de la chaqueta del traje antes de salir del baño de los hombres.

No estaba en su naturaleza preocuparse mucho de su apariencia. La razón por la cual estaba tan cohibido en ese momento había acabado de entrar en el bar y estaba de pie en la puerta, echando una mirada alrededor hasta que sus ojos lo encontraron.

Maldición. Ella era aún más llamativa de lo que había sido aquella primera tarde. Llevaba una falda color melocotón y una blusa de seda que dejaban más a la imaginación que aquel minivestido. Su boca formó una sonrisa vacilante.

Él no había notado antes lo llena y deliciosa que era esa boca. Una boca deliciosa normalmente indicaba un talento para besos sabrosos, sensuales.

Quinn detuvo sus pensamientos, abriéndose el paso a través de la muchedumbre al lado de ella. Ése era precisamente el tipo de pensamiento que casi la había excluido del grupo. La había hallado sexy, desconcertante y sexy. Sexy estaba bien en una cantante de respaldo, con tal de que fuera el público el que la hallara sexy. Sexy cuando se tratara de un enredo romántico entre la joven y él, o uno de los otros muchachos, significaba grandes problemas con certeza.

El grupo tenía que venir primero, lo que significaba que sus tratos con la llamativa latina tenían que ser estrictamente profesionales. Él podría con eso. Sobre todo porque ella era la primera y única cantante de respaldo que lo había atraído tan fuertemente.

—Espero que no me haya esperado mucho tiempo —ella empezó a disculparse—. Tenía algunas cosas que terminar en el trabajo antes de que me permitieran irme.

Quinn movió la cabeza en acuerdo:

—Sé exactamente lo que dice. En este momento estoy entre trabajos. Me han despedido durante unos meses.

Quizá no fuera la verdad completa, pero estaba bastante cerca.

—¿Usted necesita llegar a su casa a una hora específica? ¿O...?

—Puedo quedarme fuera durante algún tiempo. Tengo algunas cosas que hacer en casa, pero no importa. Soy muy nocturna.

Por acuerdo silencioso, seleccionaron una mesa pequeña intercalada entre otras cerca de la ventana. Las hordas de conmutadores pasaron por el vidrio ahumado camino a las plataformas del metro y al Port Authority.

La enorme terminal de autobuses en la avenida ocho siempre le traía recuerdos de otro tiempo que bien podría haber sido la vida de alguien más; tan poco se parecía a su vida actual.

—Lo malo es que la paciencia no es una de mis virtudes. Y he recibido varios reveses esta semana. Así... si usted pudiera decirme simplemente lo que está pasando, sería maravilloso.

Tan pronto la camarera había tomado sus órdenes la declaración había cruzado la mesa.

—Bien, realmente no quería entrar tan pronto en eso, —admitió él—. Pero... semana difícil, ¿eh?

—Dificilísima. Y usted estaba en el área, quería ser amable y hacer esto personalmente, en lugar de por teléfono. Pero todo lo que he oído esta semana ha sido "no". Pienso que puedo aceptar otro "no" sin hacerme pedazos.

Jugando con el botón en su manga, Quinn hizo una pausa.

—¿Y qué tal la palabra "sí?" ¿Podría aceptar usted esa respuesta?

—Sí. ¿Sí, usted quiere que yo cante de respaldo para Straight-Up Tequila?

—Sí. *¡Que sí! ¿En que idioma te lo puedo decir? Lo que me importa es que tú también digas que sí.*

Mercedes todavía estaba pensando en la contestación afirmativa en inglés cuando él cambió al español. Y no el español rígido de libro de texto de nivel secundario. La cadencia fluyó en un murmullo seguro de sí mismo, tan fácilmente como lo hubiera hecho cualquier latino.

—Sí. Sí, tú quieres que yo cante de respaldo, —ella repitió, echándose para atrás en su silla y abriendo los dedos en señal de aceptación—. Sí, sí, sí...

Quinn suprimió la risa:

—¿Ésa es tu respuesta? Estás de acuerdo o eres...

—Un minuto. Estoy disfrutando de la belleza de esa palabra. No lo había oído durante algún tiempo y me hacía falta. Sí. ¡Ah, sí! ¡Sí, sí, sí, sí, siiiiiii!

Una muchacha que se excita diciendo que sí. Ahí estaban sus pensamientos, despistándose una vez más. La camarera lo devolvió a la realidad al depositar su cerveza y el vino blanco de ella sobre la mesa.

—Sí. Bien. Tú dices "sí" divinamente. —Él aclaró su garganta, deseando que su cabeza fuera tan fácil de aclarar—. Supongo que no has cambiado de parecer en cuanto a unirte a nosotros. Así que sería mejor que aclaremos el negocio...

—¿Y por qué habría cambiado yo de parecer?

Ella se sentó muy derecha en su asiento, pasando el dedo por el borde de la copa de vino.

—No sé. Una dama que se presenta para una audición pretendiendo haber estado en la "Banda que nunca fue" puede ser un poco imprevisible. Ésa es mi opinión, de todos modos.

—Ah. Pensaste que podría haber cambiado mi parecer porque tú te comportaste como un carámbano y yo no sabía lo que estaba sucediendo.

Touché. Cambiando de posición en su asiento, él tomó un trago de su bebida antes de contestar.

—Carámbanos no tuvo nada que ver con mi comportamiento, créeme. Lo siento si te di una impresión tan fría.

—Acepto tu disculpa. Por favor acepta la mía también. Pero explicaré eso más tarde. Primero... dime por qué decidiste aceptarme en tu banda. No actuaste como si te hubiera impresionado favorablemente mi... talento.

De algún modo, él tenía que recobrar el control de esa reunión informal. Steve, Ryan, Onix— y todos los músicos y cantantes con los que había trabajado—nunca habían tenido problema en comprender quién estaba a cargo. La nueva cantante de respaldo parecía tener una agenda propia.

—Ya me dijiste por qué lo hiciste —señaló él—. Lo hiciste porque pensaste que yo tendría algún tipo de fascinación con una cantante que había actuado en el extremo del Oeste de Londres. Ah, perdón. El extremo del Este.

—No fue exactamente eso.

—¿Ah, no?

La honestidad se valoraba excesivamente como la mejor política, pensó ella, cogida imprevista por la mirada de desaprobación en sus ojos. Eso no podía ser. Si él se enfadara, ella se enfadaría también, y ese glorioso "sí" se iría volando por la ventana.

—Mira, si vamos a trabajar juntos, quiero ser bien honesta contigo —ella trató de permanecer tranquila.

—Estoy de acuerdo. ¿Pero cómo sé que ésta es la verdad y que mañana no habrá alguna nueva y mejor verdad?

Con la mandíbula firme, Mercedes le dijo. —¿Quieres la verdad? Bien. Aquí va. Me estoy esforzando por tener algún éxito como actriz. Canto, bailo, y a veces, incluso puedo actuar. Perdí una parte buena la semana pasada a alguien cuyo resumen era más impresionante que el mío. Normalmente pierdo partes buenas a actrices con más experiencia. Actrices que parecen un poco... —Hizo una pausa, avergonzada de mencionar su peso—. Un poco diferentes que yo.

—No digas nada más. Te entiendo.

—¿Tú entiendes qué?

Poniéndose de pie, Quinn echó un par de billetes sobre la mesa, su cerveza casi sin tocar.

—No me estás permitiendo terminar —ella insistió—, y realmente estoy tratando no enfadarme.

—No tienes que terminar. Ya tengo tu número, Mercedes. Ahora... aquí está el mío. —Se acercó hacia ella, su boca a unas pulgadas de aquellos labios húmedos y salvajes—. No me gusta que me tomen por necio. Pensar, que vine aquí para decirte, personalmente, cuánto me en-

cantó tu voz. Buena suerte en Broadway. Ahora si me per-
donas, tengo que encontrar a una cantante para mi
banda.

Aquellas piernas largas, musculares de él lo alejaron de
la mesa rápidamente. Mercedes lo llamó, ignorando las
miradas curiosas de las otras personas en el bar.

¡Tenía poca vergüenza! ¡Continuaba caminando hacia
la puerta sin una mirada! Si un acompañante le hubiera
hecho eso a ella, podría seguir caminando. Mercedes Romero no corría detrás de un hombre.

Pero entonces, Quinn Scarborough no era un acompañante. Él era el cantante principal de una banda de rocanrol. Ella ni siquiera escuchaba ese estilo de música.
Sus estaciones de radio favoritas tocaban música latina, y
ella había aprendido y disfrutaba de las canciones de varias musicales famosas de Broadway.

Sin embargo, él había dicho algo, y lo había dicho con
tal sinceridad y entusiasmo, que ella no podía permitirle
que se fuera.

—¡Contestaste mi pregunta! —ella le gritó.

Sin detenerse, él contestó por encima del hombro:

—¿Qué pregunta?

—¡Dijiste que te encantó mi voz!

—Bueno. ¡Espero que te gane un Tony!

Por fin lo alcanzó, haciéndolo detenerse con un tirón
firme del brazo. Ella estaba sin aliento, lo había seguido
por media cuadra larga de la ciudad de Nueva York.

—No puedes echarte atrás —dijo ella—. No lo permitiré. Hiciste un acuerdo verbal conmigo; que podía cantar de respaldo para tí.

Todo ese correr había desordenado su pelo. La miró,
mientras se lo quitaba de la cara, tratando de calmar su
respiración apresurada. Le sonrió, una sonrisa de la
niña pícara. Esos labios listos, como siempre, para un
beso.

Besarla no sería nada profesional. Y también había ce-
dido demasiado rápidamente, y eso se negaba a hacer.

—¿Cómo sé que eres seria? —Quinn la desafió—. Esto

no es un acto. No es una obra. Ésta es la realidad, y necesito que tú seas real.

—Sólo dame una oportunidad para demostrarlo. No lo lamentarás.

Una promesa adorable. Desgraciadamente, una promesa hecha por una damita adorable con talento para la simulación.

Parado con sus piernas aparte, sus manos a la cintura, Quinn la regañó severamente:

—Mis muchachos me dan ciento diez por ciento. No voy a aceptar nada menos de ti. ¿Entiendes?

—¿Ciento diez? ¿Eso es todo lo que quieres? —Ella chasqueó la lengua—. Te daré ciento veinte por ciento. ¿Qué te parece?

—Bueno. Y es mejor que lo hagas, porque estás a prueba. Aprende tu música. No faltes a ensayos porque tengas que ir a una audición en la calleja de Shubert. En otras palabras, el grupo no es menos importante que tu... eh... carrera de actriz. Quiero que te comprometas con nosotros.

Sintió un dejo de *dejá vu*. Evidentemente, su compromiso era una comodidad muy importante esa semana.

—¡Ah, me comprometo, me comprometo! —Lo saludó de forma militar—. Me comprometo tanto, que los enfermeros del manicomio con sus uniformes blancos van a venir a buscarme en cualquier momento.

Casi se le escapó una risita de los labios. Intentando estar serio, inclinó la cabeza hacia ella.

—Me prometerías cualquier cosa en este momento, ¿no?

—¡Sí! Te prometería la luna, envuelta de regalo y enviada por Federal Express. Incluso te la enseñaré a cantar un himno a la bandera.

Así que tenía un buen sentido de humor. Podía reírse de sí misma, un rasgo que no podía negarse a admirar. Algo aún más importante, estaba viendo a la verdadera persona ahora, no una actriz en un papel autoimpuesto. Y cuando se excitaba, su encanto brillaba como el sol.

Sabiendo que quizá ella podría seguir hablándole con esa dulzura, él apretó un dedo a sus labios, deteniéndola

amablemente. Tan rápidamente como le había puesto los
dedos sobre los labios, los retiró. Recobró su calma.

—Hay otra cosa en la cual necesitamos ponernos de
acuerdo antes de que hagamos nada más.

—¿Y eso es?

—Tú pasarás, eh... mucho tiempo con el grupo. Conmigo, sobre todo. ¿Hay alguien en tu vida que tendría un
problema con eso?

¡Qué invitación para otra mentirita! Determinada en
ganarse su confianza, Mercedes le confió:

—Bien, tienes que recordar que soy la menor de tres
hijas, y mi padre tiene cincuenta y ocho años. Él siempre
se ha opuesto a mi idea de actuar, pero tiene que entender que ya no soy una niña.

No era la respuesta que quería, pero su pregunta había
sido contestada. En un gesto de aceptación, sonrió y le
tocó el hombro.

—Sí, tu papi tiene que entender que ahora eres toda
una mujer. Dile que yo le mandé decir que le cuidaré a su
niña. Ven al almacén este viernes, a las siete. En punto.

—¡Cómo diga!

Se puso en puntas de pie, y antes de que él pudiera
comprender lo que estaba sucediendo, le plantó un beso
dulce en la mejilla. Las sensaciones que envió reverbe-
rando a través de él no eran tan dulces o inocentes.

—Gracias, Quinn. Ésto es lo mejor que me ha sucedido
en un largo tiempo.

Él no lo hubiera pensado posible, pero pensó que lo
había mirado con timidez. Le sorprendió que Mercedes
Romero, en el corto plazo que la había conocido, no
había demostrado la menor timidez.

Pero en ella, hasta esa calidad era embriagadora. Esa
inocencia, también. En cuanto él podía decir, esa falta de
astucia era real, no un acto.

¿Había hecho realmente la promesa casual de cuidarla?
¿Como si fuera su deber proteger a todos los miembros
del grupo?

Mercedes dio la vuelta y se alejó. Al caminar en la dirección opuesta, Quinn recordó otras cantantes de respaldo con las que había trabajado. Straight-Up Tequila, el nombre que Ryan McCoy había propuesto, había pasado por una sucesión de nombres y vocalistas hembras. De hecho, los únicos miembros originales eran Quinn, quien había traído a Steve Kauffman, y Ryan, quien había reclutado a Onix.

Las jóvenes en el grupo habían sido músicos y cantantes, punto. Habían tenido otros empleos de tiempo parcial o total, pero su primer amor había sido la música. Un par de ellas eran sabias en cuanto a la vida; y habían estado alrededor de la manzana unas veces. Cada una era una profesional que sabía defenderse a sí misma, sin la ayuda de los hombres en el grupo.

Mientras caminaba, no pudo resistir el impulso de echarle una mirada a Mercedes por encima del hombro. Por atrás, por el frente, desde cualquier ángulo, Mercedes tenía estilo y una actitud que anunciaba que no necesitaba a nadie. Ningún caballero en armadura lustrosa necesitaba acercarse.

Además, desde cualquier ángulo, ella se veía bien. Como alguien que sabe adónde se dirige y cómo llegar allí. Era una señora con un plan.

—¡Eh, mire por dónde va!

Quinn dio la vuelta. Un segundo más y habría chocado con el camión de mano de un hombre de entrega, cargado hasta la cima con cajas grandes. A duras penas pudo recobrar su equilibrio.

Sí. Mercedes era independiente, podía cuidarse a sí misma. Y también podía él.

Con tal de que se mantuviera lejos de su bonita, embrujadora cantante.

CAPÍTULO TRES

La canción era muy sexual.

Había sido escrita por Quinn y Ryan McCoy, como la mayoría de las canciones de Straight-Up Tequila. Se la había dado Onix Pérez, quien le había dicho que se familiarizara con la letra y la música antes de que su líder intrépido llegara para el ensayo.

—Me dice que llegue aquí a las siete en punto —se quejó ella—. ¿Y dónde está él?

—Probablemente todavía está en el trabajo. A veces se atrasa, y luego se demora en el tráfico del puente. Le gusta que lleguemos, y preparemos las cosas, así todo está listo.

¡Maldición! No se había podido contener y estaba pensando en voz alta. Por suerte, Steve había salido a buscar café y Ryan estaba en camino, también prisionero del tráfico de Nueva York. El otro latino miembro del grupo la había cogido hablando consigo misma.

—Ah, no me importa. —Se encogió de hombros—. Excepto... pensé que Quinn me había dicho que estaba ahora entre dos trabajos...

—Sí, es verdad. Dejó su trabajo alrededor de... ah, no sé, ¿quizá hace cuatro meses? Lo dejó para poder administrar el negocio de un amigo suyo, hasta que el pobre tipo salga del hospital y esté mejor.

—Ah. —Si hiciera más preguntas sería interpretado como curiosear, lo cual ella estaba ansiosa por hacer.

¿Qué clase de trabajo dejó él para hacer ese gesto noble por causa de un amigo? ¿Y de qué estaba viviendo él mientras tanto? El grupo ciertamente no estaba ganando nada— ni siquiera actuaba en público todavía.

Éso no es asunto mío, ella concluyó. Sin embargo el misterio detrás de los asuntos privados de Quinn la cautivaba.

En todo caso, Onix no parecía estar molesto. Él se ocupaba de su equipo, y ella tenía trabajo que hacer. Traducción: tenía que conseguir una perspectiva general de la vida amorosa de Quinn Scarborough— O por lo menos, su vida amorosa de fantasía.

De su conversación breve con Onix esa tarde, había aprendido que Steve estaba divorciado, que Ryan estaba enamorado locamente con su esposa. Y Onix y Quinn eran los solteros del grupo y nunca se habían casado.

Música y letra por Scarborough y McCoy. Sin conocerlos mucho, era difícil descifrar dónde Scarborough empezaba y McCoy acababa en la canción. De cualquier modo, parecía una buena melodía. A pesar de su ambivalencia hacia el rocanrol, la chica no podía esperar a oír la canción con voces e instrumentos.

La letra era muy interesante, acerca de un tipo en camino a la casa de su novia. Los dos "tienen que hablar" después de un argumento la noche anterior. Él ya no quiere pelear, sólo quiere hacer el amor y olvidarse de todo el problema. Lo que él no sabe es que su novia se siente de la misma manera y que ella tiene una gran noche planeada.

Aquí era donde ella, como cantante femenina de respaldo, entraba.

El "papel" requería que hablara con voz jadeante acerca de su "deseo de cubrirlo con su cuerpo," de su "deseo de poseerlo esta noche." Aunque la música de la hoja no lo dijera, la invitación fue insinuado— ah, cómo fue insinuado— "ámame toda, hazme estremecer, por dentro y por fuera."

Ella estaría cantándole cada palabra a Quinn. Ah, bien, ella podía hacer eso. Por Dios, era una artista. Ésta era su especialidad.

—¿Quieres cantarla una vez conmigo? —Onix dio golpecitos al lugar vacío en el banco al lado de él. Ella sonrió con agradecimiento y se le unió.

—¿Ah, espere, Onix—no deberíamos ensayar un poco primero?

Desde debajo de la visera de su gorra de los Mets, él le frunció el entrecejo:

—Pensé que éso era lo que estábamos haciendo, —dijo cortésmente—. ¿No?

—Bien, yo no sé cómo ustedes lo hacen, pero...—No queriendo sobrepasar sus límites, ella vaciló. Su primer día en el trabajo y ya ella estaba haciendo olas—. Estelle—era mi preceptora vocal—nunca permitiría que una cantante usara su voz—o en su caso, un cantante—sin hacer algunos ejercicios respiratorios primero. Eso abre el diafragma, y como todos sabemos, "cuanto más trabaja el diafragma, menos se abusa la garganta". A Estelle le encantaba decir eso.

Con una mirada divertida, Onix se encogió de hombros.

—Eh, ¿quién soy yo para discutir con Estelle? ¡Vamos a hacerlo! ¿Qué tengo que hacer?

En ese momento, la puerta se abrió, y entraron Steve y Ryan. Mercedes se puso de pie, saludándolos e indicándoles que se acercaran al teclado.

—¡Han llegado exactamente a tiempo! —les dijo dulcemente—. Esperaremos a que se pongan cómodos.

—¡Sí, eh, entonces podemos hacer esto todos juntos! —No se necesitaba mucho para que apareciera el animal de fiesta en Onix Pérez.

Ryan, viéndose un poco hecho jirones después de sobrevivir la autopista de Brooklyn a Queens, intentó una sonrisa:

—¿Hacer qué?

—Bien, muchachos, vamos a hacer unos ejercicios de precalentamiento y abrir nuestros diafragmas...—Onix les meneó las cejas—. ¿No suena divertido?

Steve le dio una sonrisa cordial a Mercedes. Y ella lo oyó susurrándole a Ryan:

—¿Tú, yo y él tenemos un diafragma? Yo pensé que eso era cosa de mujeres.

Era una locura, lo impaciente que estaba Quinn Scarborough esperando entrar en ese viejo almacén sucio durante los últimos días.

La tienda no tenía nada que ver con eso. El negocio había sido lento aquel día, con sólo la entrada de unos pocos clientes regulares durante esas ocho horas. Había vendido una nueva cerradura puerta, un par de latas de pintura, algunas herramientas eléctricas y otros varios artículos. Tarde, Isabel Quiñones, cuya artritis no le permitía estar más de una hora o dos de pie, llegó para relevar a Quinn y para después cerrar con llave.

Él encontró un espacio para su automóvil, sacó el estuche de su guitarra del asiento trasero, y satisfecho se dio prisa para llegar a la entrada trasera del almacén. La satisfacción que sentía cada vez que veía un poco de ganancias para Fernando e Isabel lo acompañó mientras subía los escalones.

Sin embargo, no sabía cuánto tiempo más podría mantener el acto de equilibrio.

Cuanto tiempo sea necesario, Fernando. Déjame que yo me preocupe de la tienda. Tú preocúpate de tus sesiones de terapia. ¿Bien?

Quinn se sonrió consigo mismo, recordando cariñosamente aquella conversación. Milagro de los milagros, el ascensor de carga del edificio estaba funcionando ese día, dándole un descanso de la subida ardua a esos escalones. Era uno de esos aparatos anticuados, con puertas que se abrían a mano, detrás de la verja que se abría a mano Moviéndose más lento que una tortuga, se arrastró hacia arriba con una sacudida.

Esa discusión con el antiguo criado de su padre había tenido lugar en la habitación de hospital de Fernando tres meses atrás. El señor mexicano a pesar de su vejez había progresado mucho desde su accidente en el invierno, cuando un camión en el Thruway de Nueva York había coleteado y había chocado de pleno con su Cavalier. La prognosis inicial no había sido muy optimista: tres especialistas habían opinado que la parálisis permanente de sus piernas era inevitable.

Fernando había desafiado esas opiniones valientemente. Estaba mejorando, y lo haría aún más rápidamente si no se preocupara tanto de su Isabel querida y del hijo "adoptivo" del corazón, Quinn, a quien reprendía acerca de volver por completo a su propia carrera.

El ascensor se detuvo en el cuarto piso con otra sacudida dramática. Quinn frunció el entrecejo, oyendo sólo la verja cuando la abrió y las puertas del ascensor que se deslizaron despaciosamente.

Por ese entonces, ya se debería oír la música desde el desván. ¿Dónde estaban todos?

Para su asombro, estaban parados con la espalda contra la pared cuando él entró. Straight-Up Tequila estaba patas para arriba en este momento. Descansando sus cabezas y hombros en almohadones del sofá, sus manos en las caderas sostenían las piernas en el aire.

Su mirada pasó de las piernas delgadas de Steve, cubiertas de dril azul, a las piernas más rechonchas de Ryan, pasando por el par peludo y muscular perteneciente a Onix en esos pantalones a media pierna. Los ojos de Quinn fueron atraídos magnéticamente al par fabuloso de piernas un poco tostadas que estaban debajo de un par de shorts que se amoldaban a unas caderas femeninas. Todos tenían los ojos cerrados, como si estuvieran en profunda meditación, permitiéndole una inspección larga, detallada, de aquellas piernas de mujer antes de recuperar su autodominio.

—¡Eh, muchachos, muchachos y muchacha! ¿Qué infiernos estamos haciendo?

Ésta debía haber sido idea de Mercedes. Sus ojos fueron los primeros en abrirse.

—¡Hola! ¿Quieres unirte a nosotros? Te dejamos la última almohada en el sofá, —ofreció ella alegremente.

Sintiéndose tonto, se agachó al lado de ella.

—No, creo que paso esta vez. ¿Qué están haciendo? ¿Y

pueden acabar ya para que podamos poner este show en camino, literalmente?

—Estábamos aclarando nuestras mentes —gruñó Ryan, el primero en retorcerse hasta quedar sentado en el piso—. Librándonos del desorden mental del día, para poder enfocarnos mejor en la música. Eh, tenías razón, Mercedes. Me siento tan...ordenado.

Quinn sacudió la cabeza, irguiéndose a su altura plena.

—Sí, yo también, —Steve se puso sinceramente de acuerdo.

—Hasta ahora, hemos abierto nuestros diafragmas y hemos aclarado nuestras mentes. —Onix se encaró con la fresca responsable—. ¿Qué hacemos ahora?

—¿Qué tal si ensayamos? ¿Podríamos concentrarnos en nuestros instrumentos y tocar un poco de música? ¿Les parece un buen plan a ustedes?

Mercedes notó la impaciencia en el tono de voz de Quinn, perdiéndose su expresión facial. Quinn le estaba dando la espalda, ya que se había dirigido al refrigerador para servirse un vaso de jugo de naranja. Ella echó una mirada alrededor, viendo que el resto del grupo corría a sus posiciones sin una palabra.

¿Por qué estaba tan molesto? Ella sólo estaba intentando ayudar, ansiosa de compartir lo que había aprendido de la famosa Estelle Wright con sus nuevos amigos. Ese poquito de autodefensa se le quedó en la lengua cuando se le acercó.

No. No debería defender sus propias acciones. ¿No debería aceptar la responsabilidad de haber roto su rutina usual? Una rutina que, quizá, no necesitaba ser permanente, y habría desconsolado a la pobre señorita Wright. Sin embargo, no tenía ninguna importancia: Quinn estaba a cargo, Ryan era su segundo y ella era la recién venida.

Él se volvió de repente y la enfrentó. Olía a jabón y champú y colonia de después de afeitarse. ¡Qué raro! No podía recordar que él llevara colonia antes. Era una mezcla de algo como madera y menta y masculinidad. Por un momento, se le aflojaron las piernas.

—¿Qué? —Él parecía tan desconcertado como ella. Antes de que ella pudiera contestar, él bajó la voz—. Mira, te agradezco que los ayudes a vaciar sus mentes o lo que sea. Es que no tenemos mucho tiempo hasta que entremos en jornada completa con esto.

Ella lo observó de cerca, aturdida ante lo que parecía una disculpa. Su voz era tierna, una caricia vocal.

—Lo sé. No fue culpa de ellos. Lo fue mía.

—Lo sé. —Pasó por delante de ella, quitando el pelo de su frente—. Permíteme recordarte, Mercedes. Estás a prueba.

Con toda la madurez de su carácter, Mercedes le hizo una mueca por la espalda.

¿Estaba ella allí para aprender un poco de música o para aprender acerca de él? Él alternaba entre enfurecerla y acelerar su pulso. En un momento le daba el beneficio de la duda. En el próximo, él le recordaba de su trato original.

Céntrate. Enfócate. Ella se subió en un taburete alto, recitando interiormente los consejos de su antigua maestra de voz. Se necesitaría más que los comentarios de Quinn para anular los efectos de sus ejercicios de respiración y de circulación.

Ella miró al cantante principal mientras él eficientemente conectaba su guitarra eléctrica al amplificador. Al parecer, él tenía una cita planeada después para esta noche. He ahí su gran prisa por acabar con el ensayo.

Ésa tenía que ser la explicación. Estaba vestido en un estilo casual elegante. Esas botas tenían un poco de brillo. Los pantalones vaqueros negros eran bastante nuevos pero estaban domados, estirados por los contornos de piernas atléticas y un trasero masculino en buena condición.

¡Enfócate, enfócate, enfócate!

Por necesidad, ella reinició la respiración profunda. En ese mismo momento, él decidió rodear su hombro cuadrado con la correa de la guitarra, descansando el instrumento en su rodilla y su pie sobre el estuche de la guitarra.

Se convirtió en un vaquero que sube en su silla de montar; un joven militar que pone los toques finales a su uniforme; un hombre guapo, con algo de rebelde callado, con sus manos recorriendo una guitarra. Entonándola, preparándola, escuchándola murmurar en respuesta a sus manos. El efecto era tan excitante como esas otras imágenes románticas.

Ella suspiró exasperada y cogió su copia de la canción de encima del teclado. Era inútil. No estaba nada enfocada.

Si Estelle Wright, con su pelo canoso y su autodisciplina extrema, pudiera ejercer más control sobre sí misma en la presencia de un hombre que la trastornara así, era, sin duda una mujer más fuerte que su antigua estudiante.

Aquí estaba aquello otra vez. Castigó la hoja de música con una buena sacudida. El momento de la verdad todavía la estaba esperando. Estaría cantando como la novia en la canción— una mujer a la cual no le importaba la riña con su novio porque la relación entre ellos era más importante. Era más profundo que eso— una mujer que sabía cuándo era el momento de besar o cualquier otra acción que fuera necesaria para reconciliarse con su amante.

Pasión caliente al rojo en la clave C.

Ésta era una situación un poco difícil. Ella no tenía el más mínimo conocimiento de lo que era la pasión. Y no lo iba a admitir en una habitación llena de hombres.

Ella podía agradecerle eso a su padre— a él y sus nociones anticuadas. Lo había decretado y su madre lo había apoyado, como siempre, que ninguna de sus hijas tendría citas antes de los diecisiete años. A tiempo, a él le gustaba decir, para sus *junior proms* respectivos. Ésa era la edad oficial para la primer cita de una hija de Romero. Sus dos hermanas habían salido con chicos, a escondidas, desde los catorce años. Mercedes, la beba de la familia, no se había atrevido.

Lo que la traía al dilema presente. La primera regla de actores en todas partes: una actriz siempre debe ser ella misma. No importa en qué papel se encuentre, debe ser natural, y debe basar su actuación en experiencias de su propia vida. Y cuando el papel requiere algo más allá de su experiencia, debe convocar emociones familiares y apropiadas de una experiencia relacionada en la creación de ese papel.

En ese caso... *me encabronas, pero me encantaría que la primera vez de hacer el amor fuera contigo.* Como si hubiera leído sus pensamientos, Quinn alzó la cabeza, su mirada firme, dirigiéndose a ella.

—Entonces, ¿estás lista?

El corazón de la chica dio un salto. Había una chispa ardiente en los ojos de él, involuntariamente peligrosa.

—Eh, sí. Vamos.

Le gustaba la idea de cantar esa canción con él. Mucha más imaginación habría sido necesaria, para cantar el mismo dúo con Steve o Ryan. ¡Qué interesante! Ninguno de los miembros del grupo era como lo había supuesto al principio. Steve Kauffman era estudioso, más sofisticado que un músico bohemio. Ryan McCoy era un grandote, cariñoso osito de felpa, un tipo de hermano mayor.

Quedaban Onix y el vocalista masculino principal. El joven cubano le sonrió mientras ajustaba el micrófono para ella. La mayoría de los hombres que había citado podrían encajar cómodamente en su lugar. En general, sus novios habían sido latinos. Unos cubanos, algunos dominicanos, una relación larga con un puertorriqueño de voz suave con oscuros ojos azules.

No había nadie como Quinn Scarborough en su pasado. Y por la más tonta de las razones.

Mercedes agarró su micrófono. El bajo de Ryan y los dedos de Onix que bailaban por las teclas llenaron el cuarto con la introducción pegadiza de la canción. Quinn tenía su propio micrófono, estaba parado a su derecha, y había empezado a tocar y cantar.

Él cantaría la mayor parte de la canción. Ella tenía el coro con el resto de las voces de respaldo. Entonces venía esa sección. Su momento en el sol. La oportunidad de mostrar con orgullo su talento.

Engatusándolo, en realidad, para que se olvidara de sus diferencias e hiciera un éxito de esa noche con ella.

Me gusta esa idea, pensó. Quinn era tan placentero para mirar— sus movimientos, su manera, todo tan sutilmente sensual. Lo importante era que ella no perdiera la cabeza. Era sólo una canción. Simplemente otro papel.

Y ella era simplemente una actriz en papel de su novia musical. Él se iría de ese edificio al final del ensayo, ansioso por tener a su novia verdadera en sus brazos.

Ella puso los ojos en blanco. Podrían estar hablando de un harén de malditas novias. Quinn era joven, guapo y además inteligente. Ella ya había saboreado un poco de su encanto. Su sonrisa sola era suficiente para distraer a una dama.

Lo cual la hizo recordar el pequeño problema que tenía su padre con hombres americanos jóvenes. Alejandro Romero, el patriarca orgulloso de una familia repleta con hijas, se consideraba un gran experto en ellos. De acuerdo a su papá, a esos guapos americanos les gustaba su libretita negra, con múltiples números de teléfono. Ellos querían saborear su soltería lo más posible, y evitaban el matrimonio como una plaga. No era lo que quería para sus hijitas.

Podía oír su queja constante: "¡Con tres hijas, uno pensaría que tendría más de un nieto!"

A su edad, el matrimonio y los hijos estaban bien lejos de la mente de Mercedes. Y nunca se lo había dicho a su padre, pero había notado que sus jóvenes primos hispanos también acariciaban sus pequeñas libretitas negras, llenas de un cordón interminable de números de teléfono de sus novias.

—Eh —esperen, muchachos. Mercedes, ¿No te olvidas de algo? —Uno a uno se callaron los instrumentos de los otros músicos. Confundida, ella miró rápidamente de cara a cara, deteniéndose en la de Quinn.

—¿Qué le sucedió a tu solo? ¿Unas siete barras atrás? —La monotonía en su voz y la fuerte mirada dirigida a sus compañeros delataban su molestia—. Si no estuviéramos tan preocupados con la respiración y la meditación, alguien ya habría repasado esto contigo... Onix.

—Lo hice. —el pianista se defendió.

—Sí, lo hizo —ella interpuso rápidamente para tratar

de suavizar la situación—. No estaba prestando atención. Lo siento.

—¿Pensando en algo más?

Irritada, frunció los labios.

—Ah, por... ¡Dénle, muchachos!

Quinn tuvo una fracción de segundo para sonreírle con socarronería. Detrás de él, los muchachos obedecieron la orden rápidamente.

¡Qué muchacha más peligrosa! Les decía a los tipos que respiraran, y respiraron. Les había dicho que se pusieran de cabeza y sin vacilar lo hicieron. Si les decía, "Salten", ellos dirían, "¡Con placer!"

No le gustaba perder el tiempo, o le hubiera reclamado eso. Le hubiera permitido saber que él estaba a cargo, y que iba a ser mucho más difícil de manipular que el resto del grupo.

¿Qué la había distraído? Con esas estrellas en sus ojos, podría ser sólo una cosa. Estaba soñando con el día que se despertaría para enterarse de que tenía legiones de entusiastas adoradores. Que su foto estaba en la tapa de *People*, en español e inglés. Que ella era una de las respuestas en *Jeopardy* bajo la categoría de BELLAS DIVAS JÓVENES.

Straight-Up Tequila era solamente un escalón para ella. Una muesca en su cinturón en su camino a la fama y fortuna.

Si ella supiera lo diferente que eran sus metas de las de él, se buscaría otro escalón— rápido. Y no había modo de engañarse. Ese tema iba a surgir en el futuro.

La segunda vez que tocaron la canción, ella entró exactamente a tiempo. ¡Vaya qué ella podría hacer con esa voz! Resonante. Fuerte. Increíblemente sexy. Más de lo que él o Ryan tenían en mente cuando habían empezado a escribir la melodía.

No era sólo su voz. Eran sus pausas. La respiración entre las pausas. Su cuerpo entraba en la música, su cara. Nada demasiado teatral, pero lo suficientemente sugestivo que cuando la canción acabó, él fue el que sintió una necesidad horrible de ejercicios respiratorios profundos.

Después de la canción, silencio. Y Ryan no se pudo contener. —¡Hombre, Estelle debe haber sido un diablo de maestra!

Los otros dos mascullaron en acuerdo. Pero Quinn tuvo más sentido. Había algunas cosas que no podían enseñarse. Venían naturalmente. Como la manera en que Mercedes lo tenía creyendo que el cuarto giraba alrededor de él.

—Salió bien —concedió él, apenas—. La primera vez no puede ser perfecta.

Con la cabeza inclinada, ella le dio una sonrisa zalamera.

—Intentaré hacerlo mejor la próxima vez.

—Sí, hazlo. ¿Nadie más tiene calor aquí? —Si ella lo iba a hacer pasar por eso otra vez, él iba a abrir la ventana. De par en par, para dejar entrar un poco de aire, para refrescar su cabeza un poco—. De nuevo. Vamos a hacerlo desde el puente esta vez. Ah... antes de empezar, ¿alguien tiene una pregunta? ¿Una sugerencia sobre la canción? ¿Algo que podamos mejorar?

—¡Sí! Yo tengo una pregunta. Pero no sobre la canción.

Mercedes levantó su mano, como haría un niño en una aula. Hallando el gesto gracioso, él sonrió.

—¿Qué?

—Bien, odio hablar de esto ahora y no quiero molestar a nadie. Pero no tengo automóvil. Me preguntaba, si no es demasiado problema, ¿alguien puede darme un aventón al Port Authority cuando acabemos?

Steve habló primero:

—Sí, será tarde cuando salgamos de aquí. Y es un barrio medio malo allí, también.

—Exactamente. —Se encogió de hombros—. De veras no quiero incomodar a nadie tampoco.

—No es ninguna molestia, Mercedes, —Ryan la corrigió amablemente—. Olvídate del autobús. ¿Dónde vives?

—Hoboken. Nueva Jersey.

—¡Eh, somos vecinos! —Onix sonrió—. Qué bueno. Vivo en Jersey City. Me encantaría llevarte a tu casa.-

Maldiciéndose por no meterse más pronto en la conversación, Quinn le dio una mirada fulminante a Onix. No le hubiera molestado que Ryan la llevara a su casa. Ryan había hablado de ella en términos fraternales, llamándola "una niña lista". Steve habría estado bien, también.

Pero no—fue Onix. Más cerca a su edad. Tipo guapo. Solo en su automóvil con Mercedes.

Él vivía en Brooklyn Heights, pero infiernos. Un paseo a Jersey no habría sido mala idea.

Ella y Onix. Solos en un automóvil. Verdad que el muchacho estaba al acecho por una nueva novia, pero sería respetuoso. Eso no quería decir que no iba a tratar de conseguir salir con ella, preguntarle si tenía el sábado libre y tratar de hacer una cita.

Por algún motivo que no pudo explicar, ese pensamiento le hizo erizar los vellos en la parte de atrás de su cuello con resentimiento.

A menos que él asegurara que el sábado por la noche estuvieran ocupados los dos. Mercedes no había estado oficialmente en el grupo durante una semana y ya estaba causando problemas.

Quizá no para Straight-Up Tequila, pero para él iba a ser un diablo de paseo.

CAPÍTULO CUATRO

—Entonces, vea usted, entré en el apartamento de mi tía, y está muerto. Ahí echado, sin moverse, con los ojos cerrados. Mi pobre tía abuela Ursula está deshecha. Ella lo amaba tanto y ahora está muerto. Me dio tanta pena.

Mercedes se mordió el labio inferior. El silencio en la oficina de Bernard era espeso y pesado. Ni siquiera una vez había levantado él la cabeza para mirarla, su pluma de oro escribiendo furiosamente en un bloc legal amarillo.

Con seguridad no estaba escribiendo una nota a la oficina de recursos humanos, exigiendo un aumento gordo para su secretaria. Su secretaria que no había entrado en la oficina hasta la una y cuarto de la tarde.

—Déjeme ver si entiendo esto correctamente —dijo él finalmente—. Nosotros estamos hablando de un perico, ¿correcto?

—No, señor. Una cacatúa. Su nombre era Coki. Y mi tía lo adoraba. Así que yo me quedé con ella esta mañana para tranquilizarla hasta que mi hermana, Tamara, llegara. Ella enterró a Coki en el traspatio porque yo no pude hacerlo.

—Bien, entonces usted y su tía estaban sentadas allí, llorando por este.... Coki. Pero, eso sí que es triste.

—Lo sé. —Ella subió su voz un octavo. Se sonó la nariz. Se secó una lágrima real, que corría por su mejilla—. Pero me calmaré en seguida y me pondré a trabajar de inmediato, señor.

—¡Ah, ésa es una nueva idea! Mi secretaria realmente sentada a su escritorio, trabajando. ¿Hablaba?

—¿Quién?

—¡La cacatúa, por supuesto! Estoy suponiendo que era un pequeño compañero versátil. ¡Bilingüe! ¿Le enseñó su tía muchas frases?

Mercedes se detuvo en sus huellas. La expresión de Krueger era benigna, angélica, como la de un ángel caído.

Era un truco. Ella debería haber inventado un cachorrito o un gato, algo del cual ella supiera algo. Como de costumbre, tenía que ser exótica con sus mentirillas.

—Era el animal doméstico de mi tía, —repitió.

—Bien, usted dijo que se lo había cuidado cuando ella fue de su viaje—¿adónde fue—Santo Domingo? Seguramente durante una semana, usted habría descubierto si su tía le había enseñado a nuestro amado difunto amigo emplumado a hablar o no.

Nerviosamente, ella apretó el pañuelito de papel en su mano.

—N-n-n-no. No, Coki no hablaba. Las cacatúas no son como los loros. No hablan.

¡Por favor, Dios, que ésa sea la respuesta correcta! ¿Desde cuándo para mentirle al jefe uno tenía que tener una mente como una enciclopedia? ¿Cuándo se había puesto la vida tan complicada?

Para hacer peor las cosas, él se inclinó sobre su escritorio acercándose a ella. Había un destello maníaco en esos ojillos de rodente y la risa baja, gutural de un loco salía de la parte de atrás de su garganta.

Ella se resistió al impulso de hacerse la señal de la cruz. En cualquier momento la cabeza de él iba a girar en su cuello y empezaría a perorar en algún idioma antiguo. En cualquier momento.

—Usted no lo sabe. ¡Admítalo! —Le apuntó un dedo acusador—. Usted adivinó. Usted sabe que su sueldo depende de eso. Pero usted realmente no sabe si las cacatúas pueden hablar o no.

Esto era absurdo. El pañuelo en su mano se había desmenuzado completamente y los pedacitos se esparcieron en su falda.

Ella no podía decirle que la audición de esa mañana era algo a lo que ella no podía permitirse el lujo de faltar. Por una vez en su vida, le había encantado al director— para un anuncio que iba a emplear actores afiliados y no afiliados a la unión.

Oportunidades como ésa eran muy raras o inexistentes. Tristemente, en esa profesión, también eran los sueldos fijos.

Gobernando con una mano de hierro, Krueger había negado demandas urgentes de tiempo de vacaciones, citando las emergencias familiares como la única excusa. Todo el mundo sabía que nadie mentiría acerca de la enfermedad o muerte de un miembro de la familia. Algo terrible pasaría. Era uno de esos credos que sus padres habían metido en su cabeza.

Ella no veía el daño en matar un pájaro pequeño que ni siquiera existía.

—¿Bien? ¿Qué dice usted para defenderse, señorita Romero?

—Ahora que lo pienso, oí a Coki hablar una vez. Dijo, "mi jefe es un idiota".

El insulto no fue entendido por su mente monolingüe.

—Qué encantador. Desgraciadamente, yo no creo una palabra. Usted debería haberse presentado a trabajar esta mañana a las nueve, pero usted no lo hizo. Para lo que a mí me interesa, usted no debería haberse molestado en absoluto en venir. Limpie su escritorio. El departamento de seguridad la escoltará fuera del edificio cuando usted haya terminado.

Los años de empleo con la compañía de seguros no tenían ninguna importancia. No tenía ninguna opción sin aceptar ese hecho. Pero que el personal de seguridad la sacara del edificio delante de sus compañeros de trabajo, sin embargo, era una bofetada en la cara.

—Eso no será necesario, Sr. Krueger. Sé donde está la puerta.

Ignorándola, marcó la extensión de cinco números.

—Eh, sí, Darryl. Envíe uno de sus hombres aquí a la fila

ejecutiva. La señorita Mercedes Romero acaba de ser despedida.

¡Qué humillante! El último empleado que había sido escoltado del edificio había sido un supervisor en la sección de contabilidad, que había sido acusado de falsificar los libros de la empresa y le habían aconsejado que le avisara a su abogado. Un desfalcador en posición para poder robarle a la compañía era un poco más serio que una secretaria no más soñando con su propia estrella en el Paseo de la fama de Hollywood.

Quería llorar de frustración y miedo. Pero su orgullo terco le impidió hacer una escena. Silenciosamente, mientras las otras secretarias la miraban con curiosidad, puso sus artículos personales en una caja: fotos enmarcadas de sus hermanas mayores, Tamara y Alina; una instantánea del adorable niño pequeño de Alina; un paraguas diminuto que vino con una piña colada en un almuerzo del Día de la Secretaria que había tenido con su ex jefe, el maravilloso Stuart.

Otros recuerdos y el anuncio que había puesto en *Variety* Quinn Scarborough para aquella "cantante de respaldo", que estaba visible debajo de su borrador. Pensó llevárselo, pero lo dejó allí, como un recordatorio para la próxima pobre alma que se sentara a ese escritorio que sí, de hecho, Mercedes Romero había estado allí. No era famosa todavía, pero no permitiría que su memoria fuera tan fácil y fríamente borrada.

Así que la ave cantora iba a hacer su primer anuncio en la televisión. Ya estaba empezando.

Quinn pagó el peaje, sin hacer caso de la oferta de hacerlo de Mercedes, y condujo su Neón verde metálico en el Holland Tunnel. Alguien le debería haber enseñado a la joven a que se vistiera menos llamativamente. Eso le habría hecho más fácil mantener los ojos en el camino. Cómo era posible que Onix la hubiera llevado ya varias veces y no chocado su automóvil por mirarla él no podía imaginar.

¿En qué estaba pensando él? Estaba vestida decentemente, y además, él siempre había creído que una mujer tenía el derecho de vestirse como se le antojara. Mercedes había ido al ensayo vestida casualmente con pantalones vaqueros oscuros, una blusa veraniega amarilla con mangas cortas y sandalias de taco grueso.

Guiado por las apariencias, dudaba que ella se vistiera provocativamente a propósito. Era más su falta que la de la chica, ya que él se habría sentido tentado por verla vestida en una bolsa de arpillera.

—Esto realmente está sacándote de tu camino —ella dijo al mismo tiempo que la radio se moría en estática a través del túnel—. Onix vive mucho más cerca.

—Onix te lleva a casa la mayoría del tiempo. No me molesta darle un descanso esta noche. —La miró para ver su expresión—. Y también, es una buena oportunidad para que... ah, hablemos.

—Ah. Bien.

Sus manos estaban inquietas en su regazo. Ella mantuvo sus ojos en la ventanilla, donde no había mucha vista salvo las paredes manchadas del túnel.

—Supongo que no estás tan nerviosa alrededor de Onix, —él murmuró.

—En realidad, no. Es normalmente un viaje placentero. Hablamos todo el camino.

Sorprendido, él rió una risa sin alegría. Tenía tanto talento para las historias. ¿No podría mentirle acerca de su incomodidad alrededor de él?

—Y yo te pongo nerviosa. ¿Por qué?

—Porque cuando Onix quiere hablar, él no lo anuncia. Cuando tú quieres hablar, figuro que será algo malo.

El automóvil surgió a través de la apertura del túnel, entrando en Jersey City. En unos minutos estarían en Hoboken. Él no tenía mucho tiempo.

—Nada malo, pero pensé que podríamos hablar de algunas cosas. Muchas cosas, realmente. La primera: ¿está bien todo?

—Todo está bien.

—¿Estás segura? —Deteniéndose en un semáforo, se inclinó más cerca a ella—. No te comportaste de tu manera normal, burbujeante. Estuviste más bien callada esta noche. Si no me incumbe, dímelo.

¿Burbujeante? ¿Él pensaba que ella era burbujeante? Ésa era una revelación inesperada. Él también era perceptivo, algo que la conmovió, considerando que ella había tratado de no llevar el corazón a flor de piel esa noche.

—Me despidieron de mi trabajo esta semana. Ése es un motivo.

—¿Te despidieron?

—*Él* me despidió. Mi jefe. Satanás.

Quinn no pudo aguantar la risa.

—Ah, Satanás te despidió. ¿No estabas cumpliendo con tus deberes allí abajo?

—¡Ése era el nombre que le habíamos dado! Increíblemente, se le escapó una risa. Había tenido dificultad en hallarle el humor a nada esa semana—. Y no era semejante trabajo maravilloso ni nada.

—Pero pagaba las facturas.

—Exactamente. Y es...cuando a uno lo despiden es como que están diciéndole que es un fracaso. No es verdad, y no es justo.

—No eres la primera persona a la que han despedido en la vida, así que no te sientas tan mal. A mí me despidieron una vez, de este trabajo malísimo.

—¿Por faltar todo el tiempo, como a mí?

—No. Por decirle al jefe, "¿sabe que usted es una forma rastrera de vida?" Me despidieron por decir la verdad. Pero los jefes tienen una palabra más elegante para eso. Ellos lo llaman, "insubordinación".

—¿De veras le dijiste eso? —Apareció una chispa de admiración en su sonrisa—. Tú ves, y yo no me atrevo a decirle eso a un jefe.

—Ah, bueno, yo sí. Él trataba a cada uno de sus empleados como si fueran mugre. Oye, dormí durante algún tiempo en las calles cuando tenía casi diecisiete años. Un egotista con corbata no me iba a empujar tan fácilmente.

—¿Dormiste en la calle?

Maldición. Eso se le había escapado. No había ninguna manera de evitar una explicación.

—Sí. Durante algún tiempo. Huí de mi casa. Cuando se tienen diecisiete años, sin ningún dinero y ningún lugar adonde ir, se tiene que dormir en alguna parte. —Se encogió de hombros, cortando cualquier discusión extensa al respecto—. Pero eso está en el pasado. Ahora de vuelta a tí. ¿Te las vas a arreglar bien sin tu trabajo? ¿En cuanto a dinero, quiero decir?

Mercedes no contestó en seguida. Él imaginó que ella todavía estaba procesando lo que había revelado inconscientemente sobre sí mismo. Mientras tanto, el laberinto de caminos en Jersey City los llevó al pueblo de Hoboken, que podría describirse mejor como un Greenwich en pequeña escala, o un Brooklyn Heights donde vivía él ahora. La calle Washington ostentó negocios pequeños, tiendas elegantes y varios restaurantes que servían todo tipo de comida desde rápida a tailandesa. Las calles laterales de la ciudad estaban bordeadas de casas majestuosas de ladrillo marrón restauradas, que rebosaban con encanto del viejo mundo.

—No estoy angustiada sobre eso. Supongo que encontraré otro trabajo.

—Tu familia te ayudaría, ¿no?

—Lo harían, si supieran que necesito ayuda. Pero no permito que lo sepan. Es en momentos come éste en que quisiera tener una cuenta de ahorro.

—¿No tienes dinero ahorrado?

Ella oyó su tono de voz y no le gustó en lo más mínimo.

—No, no lo tengo. Y sé lo que estás pensando. Veintitrés años, malgastando su dinero en ropa y fiestas. No es así. Tengo que gastar dinero para mi carrera. Hay fotos profesionales, cuotas del gremio—estoy en Equity, pero AFTRA y SAG no me aceptan todavía—Y otras cosas.

—No dije nada. —No, pero ella lo había entendido perfectamente—. Eres muy seria acerca de hacer esto, ¿no?

—Qué bueno que alguien comprende eso. Quinn, ésa es mi casa, ahí mismo. Vivo en el piso de arriba.

Allí estaban, al final de la línea. El viaje había sido tan corto, apenas dándole tiempo con ella. El resto de los asuntos quedarían sin abordar esa noche. Él acercó el coche al bordillo, parándolo.

—Ya que preguntaste, ésa es la otra cosa que está molestándome —Mercedes respiró hondo—. Aunque no quieres oír hablar de esto.

—Con tal de que no me vayas a decir que dejas el grupo porque te han ofrecido una gran oportunidad, quiero oír hablar de eso.

Ella agitó su cabeza:

—No, no es eso. Pero nunca he estado tan cerca, ¿sabes? Y es tan tonto, porque debería estar contenta, debería estar agradecida de tener la oportunidad finalmente. Y sin embargo, estoy muerta de miedo. No puedo comer, no puedo dormir. Tengo este presentimiento de que voy a arruinarlo todo. Y ése será el final. No tendré ninguna oportunidad más.

La única luz en su cara venía de un farol sobre ellos. Le echaba una aura sobre ella, y tenía un efecto casi hipnótico sobre él.

—Pronto tendremos nuestro primer show, también —él le recordó—. ¿Te hace eso sentir de la misma manera?

—¿Sabes tú que no? —Su humor sombrío desapareció con una risa efervescente—. ¡Pienso que va a ser divertido! Eso es lo que me hace sentir bien. Probablemente porque todos ustedes van a estar allí, me será cómodo.

—Me alegro. —Descansando el codo en el volante, se acarició la barbilla. Ella no podía saber cuánto placer le brindaba su declaración.

—¿Irías conmigo, Quinn?

—Claro que iré contigo. Ah... ¿adónde, exactamente?

—Al rodaje. —Rápidamente, ella negó con la cabeza de nuevo—. No te debería haber pedido eso. Tienes otras cosas que hacer. Y sería muy aburrido, horas en ese escenario.

—No. No creo que esté ocupado. ¿Me permites asegurarme de que puedo conseguir a alguien que atienda la tienda de mi amigo?

Ella se le acercó, entusiasmadamente.

—¿Vendrás conmigo? ¿De veras? No sabes, Quinn, cuánto me tranquilizaría el tenerte allí. ¡Pienso en tí, y pienso en cantar!

¡Sí, y yo pienso en tí, y pienso en muchas cosas!

—Pero recuerda, necesito a alguien...

—Para atender la tienda. Comprendo. —Hubo un momento breve, que pasó demasiado pronto, que pareció que lo iba a besar de nuevo. Para su desilusión, no lo hizo—. Debería dejar que te fueras a tu casa. A menos que... ¿Quieres subir a tomar un café o algo?

Su mano se había movido a la llave de contacto, donde pareció quedarse durante mucho tiempo mientras él pensaba acerca de su invitación.

Estaba invitándole a su apartamento. Inocentemente, cordialmente. No como una seductora. Él podría estar solo con ella.

Todavía él notó cierta vacilación, como si ella estuviera siendo sólo amable. No había pasado bastante tiempo entre ellos; naturalmente, ella era cauta.

—La próxima vez, Mercedes, —le dijo—. Tengo que estar en la tienda mañana temprano. La próxima vez, recuérdame: quiero hablar contigo sobre una canción que quiero que tú cantes.

—Bien. Maneja con cuidado, Quinn.

Con el pie en el primer escalón y la mano en el pasamano, ella vio desaparecer su Neón a la vuelta de la esquina, mirando al chofer con anhelo.

Por un lado se sentía aliviada que él no hubiera aceptado la invitación de entrar en su casa. Sacó la llave de su bolso, entró en el hall de entrada de la casa que compartía con tres familias y se dirigió silenciosamente a los escalones para no perturbar a sus vecinos. Era tarde, pe-

demasiado tarde para un remojo relajante en un baño de aceite.

Imagínese: Quinn Scarborough había sido un jovencito fugado de su hogar y había dormido en las calles. Si se agregaba eso a la cicatriz que marcaba su cara tan guapa, ella estaba dispuesta a pensar en todo tipo de secretos en su pasado. Un elemento de peligro.

¿Entonces por qué la aliviaba su presencia cuando ella más necesitaba estar relajada, emocional y físicamente?

Ella no les habría pedido a ninguno de los otros muchachos en el grupo—ni siquiera a Onix, el cual también la hacía sentirse cómoda. Esos aventones a su casa los había convertido en amigos. La relación era facilitada por su cultura común, pero era estrictamente platónica.

"Platónica" no era como ella se sentía acerca de Quinn. Probando el agua que corría en la bañera para que fuera una temperatura fresca en esa noche calurosa, ella vertió una mezcla de aceite de aromaterapia para inducir tranquilidad. Se ató el pelo en la parte alta de la cabeza, y quitándose la ropa, se sumergió en la fresca agua perfumada.

Su piel todavía cosquilleaba. Ese hormigueo de la piel, esa pequeña expresión de excitación le pasaba cada vez que estaba sola con Quinn.

Cuando le había pedido que le hiciera el favor de acompañarla al anuncio que estaba filmando, su pedido había sido caprichoso, inesperada hasta para ella—o por lo menos eso era lo que creía ella.

Ahora sus pensamientos estaban más claros. Siempre era así cuando se sumergía en la bañera, desechando la confusión y tumulto del día.

Ella quería que él estuviera cerca por la fortaleza que se notaba en él bajo la superficie de su carácter. Una fuerza que ella sentía como un refugio y como una fuente que le daría generosamente a su propia fuerza y autoconfianza.

Pero a ella no la habían criado para tomar sin dar algo a cambio. Sabía que la manera mejor de mostrar su apreciación sería dar aquel ciento veinte por ciento que había prometido. Y el momento perfecto sería en el debut de Straight-Up Tequila.

Tendría que tener cuidado para no dar demasiado de su enfoque y corazón—especialmente al mismo tiempo de involucrarse demasiado con un hombre que podía amenazar seriamente su sueño.

CAPÍTULO CINCO

"Es una muchachita, ¿verdad? ¡Bueno, al fin se encontró una muchacha!"

"¿Y cuando la vamos conocer?"

Debería haber sabido que Fernando e Isabel lo habrían interpretado de esa manera. No importaban las explicaciones de Quinn. Para ellos, sus intenciones hacia Mercedes iban en dirección al romance.

Habían cenado tarde, después de cerrar la tienda. Quinn esperó hasta que después de haber ayudado a Isabel con los platos y se habían sentado todos en la modesta sala, para darles la noticia de que necesitaba un día libre.

—Es una muchacha, sí —él intentó de nuevo—. Pero es...eh, ella no es mi novia ni nada. Está en el grupo, es una amiga y ésta es su primer oportunidad en el mundo del teatro. Miren, ah...como estoy portándome como un caballero.

Su padre elegido parecía defraudado. Pero a Isabel no la engañó.

—¿Cuántos años dijiste que ella tiene?

En el momento que ella preguntó, él supo por dónde iba a ir su interrogación.

—No lo dije. Pero tiene veintitrés años.

—¡Me parece una muchacha grande a mí! No necesita a nadie que le sostenga la mano para su "primera oportunidad." —La mujer se rió traviesamente—. Pero si ésa es la razón que ella te dio, yo no soy nadie para dudarle.

Fernando se volvió hacia ella, sus ojos ensanchados:

—Ah, ¿es eso lo que ella está haciendo?

—¡Mi amor! Te olvidas tan pronto. ¿O te pensaste de veras que yo me iba a perder en el colegio y que tú eras solamente un guía para mí?

—¡Ah! ¡Verdad! ¡Qué mala eres!

Como amantes jóvenes, ellos se empujaron juguetonamente en el sofá. Quinn estaba sentado en la mecedora antigua, maravillado que más de treinta años de matrimonio no habían apagado el ardor entre ellos. En cuanto a sus padres naturales, él no podía recordar un momento en que los hubiera visto amarse tan abiertamente.

Quizá eso era porque su padre frecuentemente había compartido su afecto por otras partes, con una de sus muchas amantes, quienes habían hallado su dinero tan atractivo.

—¿Me van a escuchar ustedes dos? —los riñó—. Necesito saber. Necesito darle una respuesta. Pero no quiero dejarlos a ustedes sin ayuda.

—¿Cuándo regresas a tu trabajo, joven? —Fernando abordó otro tema de discusión—. Los niños te necesitan. ¿Cuándo vas a regresar a ellos?

—En cuanto estés lo suficientemente bien para manejar la tienda de nuevo. Y ahora mismo —Quinn dijo, siendo estricto con él—, tu médico me dice que no estás listo. Cuando él diga que lo estás, regresaré a mi trabajo en la escuela. Yo también extraño a los niños. Pero tengo que pensar en mi familia.

Él podría haber tomado esa sonrisa que Isabel le dio, tan llena de calor amante, y habérsela metido en su bolsillo para llevársela con él.

—Escúchame, Quinn —Fernando dijo—. Estoy mucho mejor. ¿Ves la silla de ruedas? ¿Ves el andador? No, señor. Yo no puedo estar parado por períodos largos de tiempo, pero estoy más fuerte de lo que estaba. Además, puedo contratar a alguien que tome tu lugar.

—¿Y arriesgar que contrates a alguien que te podría

robar? —Quinn levantó una mano—. Eso sucede, tú sabes. No toleraré eso, no toleraré que nadie...

Fernando puso firme:

—Me has estado diciendo esto durante meses, hijo. Te olvidas que yo soy el jefe de esa tienda.

Isabel lo miró de reojo:

—¿Quién es el jefe?

—¡Cómo dije, Isabel y yo somos los jefes de esa tienda! Encontraré a alguien que tenga buenas recomendaciones. Alguien con integridad. Lo contrataré y tú regresarás a tu carrera y tu música.

—Por ahora, Fernando me ayudará en la tienda ese día —su esposa continuó—. Tú ve y sostenle la mano a esa joven mientras ella hace su anuncio de televisión.

Quinn frunció los labios ante la expresión sabia en la cara de Isabel.

—Voy a darle apoyo moral, mamá —insistió.

—Sí, querido. Como tú digas.

Como lo hacía a menudo, se encabezó al cuarto de huéspedes que la pareja sin hijos consideraba "el cuarto de nuestro hijo". Era demasiado tarde para manejar de vuelta a su lugar en Brooklyn Heights, y la cama lo llamaba, después de un día agotador de revisar el inventario de la tienda.

¿Pudiera Isabel tener razón? ¿Si pedirle que la acompañara fuera la manera de Mercedes de pasar más tiempo con él, de acercarse a él?

Él estaba bastante seguro que no había sido planeado. Pero, ¿quién sabe cómo funcione la mente de una mujer? Para confundir más las cosas, la mujer en cuestión era Mercedes Romero. Y él con seguridad no podría aclarar ese misterio.

Después de refrescarse con una ducha en el baño adyacente al cuarto, se desplomó en la cama.

Y, ¿si le hubiera pedido desde un nivel subconsciente? ¿Si ella no supiera que estaba interesada en él, pero sintiera cierta necesidad de él?

Estaba simplemente demasiado cansado para ordenarlo todo esta noche. Una cosa sabía con certeza—él quería estar allí para ella. Su pedido había sido simple y la fuerza del deseo de complacerla lo aturdió.

La directora era una loca. Moderada, pero loca.

Eileen Carberry no era una novicia en su carrera. Tenía cincuenta y pico de años y le recordaba mucho a Mercedes de su maestra de voz, Estelle Wright. En un negocio dominado por la juventud, Eileen se vestía y actuaba de acuerdo con su edad, transformándola en algo vistoso y lleno de gozo del vivir. Una mujer guapa, escultural y atlética, había dirigido muchos anuncios que habían ganado un Cleo, el premio codiciado de anuncios de la televisión. A cambio, ella exigía los derechos debidos a cualquier gitana moderna; le gustaba que se dirigieran a ella como la "gloriosa Srta. C"; y ella les daba a sus actores apodos raros pero afectuosos.

Estando extremadamente dotada, la "gloriosa Srta. C" tenía derecho a ese grado cómodo de locura.

—¡Cosita joven impudente! ¡Ah, Cosita joven impudente! ¡Corazoncito, permítame darle una mirada!

Mercedes tardó un segundo en darse cuenta que la "cosita joven impudente" era ella. Como si no estuviera suficientemente nerviosa, y además preocupada por Quinn, que estaba pasándose el día entero en ese escenario. Quizá se durmiera una siestita después de un rato, sentado fuera del camino en un taburete alto cerca del operador de la cámara. Mercedes dio vuelta para enfrentar a su directora.

—¿Yo, señora? —Aventuró una sonrisa tímida.

—¿Bien, qué otra "cosita joven impudente" ve usted en este cuarto? —La Srta. C le caminó por atrás, examinándola en la ropa que le habían puesto las personas del guardarropa— A ver...

Consciente de sí misma, Mercedes se tironeó el vestido, sabiendo que no podía sostener sus senos llenos. Los nervios de anticipación a esa mañana le habían quitado unas libras, pero la mayoría de sus curvas nunca desaparecerían. El vestido era rojo—su color favorito— y raso. La parte superior era un bustier con lentejuelas bordadas sobre raso, y los zapatos eran de raso rojo, también con lentejuelas.

—¡Perfecto! —la directora anuncio—. Se lcs va a caer la baba, chiquita. ¡Les haremos pensar en helado de gastrónomo! Ahora, ¿para dónde está ese ayudante mío? ¡Niña inteligente! ¿Dónde está la Niña inteligente?

Mercedes respiró más fácilmente, viéndola alejarse taconeando. Ella decidió que era un buen momento para ir a ver cómo estaba Quinn, sentado sólo sin nadie con quien hablar.

Se le acercó por detrás y le cubrió los ojos con los dedos.

—¡Adivina quién es!

—Ah, será... ¿La "Cosita joven impudente"? —Quinn empezó a fastidiarla con una sonrisa socarrona hasta que se dio vuelta en el taburete y la vio de pleno—. Hola...

—¿"Hola"? ¿Es un buen "hola"?

—Bueno, es un "hola" muy bueno. Sí.

Ella se rió, modelando el vestido para él, dando la vuelta para que la falda oscilara.

¡Hooooola! Ese color estaba muy de acuerdo con su cutis y el color cremoso de sus piernas. Ella era sexy con una "S" mayúscula. Y mayúscula en todo lo demás, también.

—Te ves...

Tentadora. Sexy. Para caerse muerto bella. ¡Riquísima!

Mercedes sonrió, satisfecha con la mirada de él. Entonces le preguntó con preocupación:

—No estás aburrido, ¿no? Si necesitas estirar las piernas o dar una vuelta, está bien. Pero regresa, ¿bien?

Le devolvió la sonrisa.

—Estoy bien. Me quedo aquí. No quiero perderme cuando lleguemos a tu parte.

Su contestación a eso fue otra sonrisa tímida. Su mano tocó la mejilla de él, dejándola como en fuego.

—¡Bien, niños! ¡Vengan, vengan! ¡Acérquense para escuchar al viejo pájaro raro mientras da las instrucciones finales antes de que empecemos a filmar!

Al llamado colorido de la directora, Mercedes le dio una inclinación de cabeza final y se volvió a seguir el resto del grupo de actores. La falda y el pelo hasta los hombros se mecieron alrededor de ella, en un panorama que Quinn podría haber admirado durante horas.

Ese aspecto del motivo por el cual él estaba allí no se le había ocurrido antes. Sí, claro, él estaba allí para dar apoyo moral a una actriz ambiciosa—su cantante de respaldo, una joven llamada Mercedes que agregaba llamas al color rojo.

También era una excusa para mirarla. Mirarla bien. Sin la obligación de tener que hablar, porque su objetivo era no estorbar a los profesionales mientras trabajaban. Estarse sentado allí, observándola era más entretenido de lo que él hubiera imaginado, le daba tiempo para entender los sentimientos que nacían en él hacia ella, y que crecían más cada minuto.

Mercedes estaba de pie entre un joven y fuerte actor y un hombre con traje, tipo *Madison Avenue,* el ejecutivo encargado de la comercialización del producto y quien había creado el anuncio. Ella prestó atención, deseando en secreto poder igualarse con esos profesionales expertos que componían ese círculo de personas. Eso era algo muy difícil de hacer para una mujer joven, especialmente cuando estaba engalanada como para una noche de baile y coqueteo.

De vez un cuando, dirigía sus ojos hacia donde estaba Quinn. Una o dos veces antes él la había mirado de ese modo, una mirada de apreciación. Y más secretamente, de deseo.

Ella se obligó a concentrarse en las instrucciones de la directora. Quinn podía distraerla muy fácilmente sin siquiera intentarlo. Increíblemente, en algún rinconcito de su alma, ella deseó que ellos no estuvieran en ese escenario. Que estuvieran en otra parte, sin esos actores y técnicos y ayudantes rodeándolos.

No, esto es lo que tú quieres, ella se regañó.

Y a tiempo también, ya que Eileen Carberry le estaba dirigiendo la palabra a ella.

—Y usted, Cosita joven impudente. Yo quiero que usted le haga caritas a esa cámara. No piense que su parte no tiene diálogo. Usted estará expresándose con su cara, su sonrisa, con esa actitud sexy suya. ¡Diviértase con su papel! ¿Bien?

—¡Bien! —En su entusiasmo, casi se olvidó de agregar— gloriosa Srta. C.

—*¡Trés bien, mon amie!* Y por último pero no menos importante, usted, Actor de carácter más maravilloso. Recuerde, a usted se le presenta esta opción: o una muchacha capaz de volverlo loco, o—y niños, a nosotros nos encanta este producto—el helado *Le Glace Gourmet*. Usted va a elegir el helado, lo que maravillará a los videntes y les hará pensar si el helado puede ser tan bueno, o si usted es demente. Creo que captaremos su atención.

—Sí, gloriosa Srta. C —el hombre joven en el lado opuesto del círculo contestó respetuosamente. Un par de lentes tipo Clark Kent y una gorra tonta transformaban al guapo rubio en un lerdo típico.

—¡Excelente! Entonces, empecemos. A sus lugares, todos a sus lugares.

Aquí estaba. Mercedes podía sentir la excitación surgiendo dentro de ella con fuerza, para ser instantáneamente disipada por la ayudante de la directora.

—¡Gloriosa Srta. C! Me temo que tenemos un problema.

La mujer joven retrocedió ante el ceño de su jefa.

—¿Qué, Niña inteligente?

—Nos falta un actor. El que debería comer Rapsodia de Ruibarbo.

Los ojos de la "gloriosa Srta. C" brillaron con la primera señal de un fuerte temperamento.

—¿Nos falta un actor? ¿Cómo es posible? ¿No comprende el necio que es un privilegio trabajar conmigo?

—Estoy segura de que sí, gloriosa Srta. C, pero acabo de recibir la llamada. Tiene el sarampión. Lo admitieron en el hospital esta mañana con una fiebre de ciento cinco grados.

—¿El sarampión? ¿Tengo que suspender la producción por culpa del sarampión? ¿No podría haberlo contraído en otro momento? ¿A los seis años, como todos los demás?

—Ah, gloriosa Srta. C...

Mercedes estaba a un lado, fuera de la línea de fuego. Ella y el ejecutivo de los anuncios dieron un salto cuando la directora se enfocó en ellos.

—¿Y ahora qué, dínamo de la *Big Apple*? ¿No puede ver usted que estoy en el medio de una crisis?

Tímidamente, él sonrió.

—Lo...lo sé. Pero no podemos interrumpir la producción. El cliente espera que este anuncio esté terminado hoy y en el aire, exactamente a tiempo. Necesitamos a alguien más que coma la Rapsodia de Ruibarbo.

—Lo sé —ella arrastró la última sílaba—. No necesito que me lo recuerde, he estado haciendo esto desde antes que usted fuera una manchita en el asiento trasero del Oldsmobile de su padre. Conseguiré un suplente. Como... —De repente, la dulzura volvió a su voz—. Usted. ¡Tipo alto guapo!

Cada uno de los actores en el escenario obedeció su llamada, sus sonrisas Hollywoodenses mostrando sus dientes blancos e impecables.

—Ah, por supuesto. Probemos un cambio. Tipo alto, guapo... ¡Con la coleta!

Durante la charla de la directora, Quinn había estado leyendo una copia del rodaje. Él levantó la cabeza, apuntándose el pecho con el pulgar.

—¿Quién, yo?

—¡Sí, usted, bebé! —La mujer taconeó hacia él, lo agarró del brazo, y lo guió hasta el resto del grupo—. Usted es alto y guapo. Y se parece al "vecino de al lado que toca la guitarra con la banda de rock del colegio". ¿Le gustaría estar en un anuncio de la televisión? ¿Sí? Bueno. ¡Está contratado!

Desconcertado, él echó una mirada a las caras que lo rodeaban. Mercedes estaba de pie en el fondo, cubriendo una risilla sofocada con la mano. La pequeña y sexy duende.

—Hay un pequeño problema, Srta. C.

—Por favor, querido. Puede llamarme "gloriosa Srta. C", como todos mis amigos hacen. ¿Y qué problema? Nosotros le pagaremos, por supuesto.

—Si, pero yo no soy un actor. ¿No necesita usted a alguien con un poco de entrenamiento?

—Ah, Tipo alto, guapo permítame explicarle, querido—ella lo llevó a un lado—. ¿Sabe usted cuántas estrellas famosas fueron descubiertas mientras trabajaban en una heladería? Y de verdad, uno no tiene que ser Sir Lawrence Olivier para lamer un helado. Tengo un verdadero problema aquí, querido. ¿Podría darme usted una mano?

Instintivamente, él miró a Mercedes. Ella no podía haber oído aquéllas últimas palabras, casi cuchicheadas.

Encontrar un reemplazo causaría un retraso en el rodaje o algo peor. Quinn no tenía ninguna idea en cuanto se tratara al negocio de la televisión o de los anuncios comerciales. Los ejecutivos de helados gourmet *Le Glace* se enfurecerían en serio, cancelando el trato por completo.

Mercedes había esperado ansiosamente esa primera oportunidad para actuar. El anuncio saldría al aire en los doce estados donde la compañía tenía distribución, incluso el *Tri-State Area.* Y no saldría a menos que él consintiera a trabajar con ellos.

Y él no quería que Mercedes se sintiera defraudada. No importaba nada más que ella.

—¿Eso es todo lo que tengo que hacer? ¿Comer helado?

Sabiendo que había ganado, la directora alzó y dejó caer sus hombros en un movimiento de aliento.

—¡Eso es todo!

—Bien, Srta., este...gloriosa Srta. C, lo haré.

—¡Ah, gracias, gracias, gracias, Tipo guapo alto y tan comprensivo! Usted es un salvador. ¡Niños! —Se deslizó por el piso como una reina regia, llamando a los otros. —Necesitaremos sólo unos minutos más antes de comenzar. Niña inteligente, por favor lleve al Tipo alto guapo con la coleta al guardarropa y maquillaje.

¿La mujer estaba cambiando de parecer? Lo miraba con los ojos entornados, acercándosele aún más. Inclinó la cara de él hacia un lado, más bajo las luces potentes.

—Ah, querido.

—¿Que pasa?

—Nada, nada. Exquisitos señores de la cámara. —Cabeceando en su dirección, ella dijo—, asegúrese de filmar a éste del lado derecho.

Consciente de sí mismo, Quinn cubrió su mejilla izquierda con los dedos. Sus ojos buscaron Mercedes, pero ella estaba conversando y riéndose con el "lerdo" del anuncio. Como Mercedes no había captado el episodio, él se sintió aliviado y contuvo la réplica mordaz que la insensitiva directora se merecía.

¿Para qué causarle un problema a Mercedes contestándole, aunque se lo mereciera, a una mujer que era media loca y estaba tan autoensimismada? El anuncio parecía relativamente simple; su papel en él sería fácil. Acabarían antes de lo anticipado, el anuncio iría camino al público consumidor, y Mercedes estaría contenta.

Su felicidad le estaba empezando a resultar importante, y eso lo preocupaba.

CAPÍTULO SEIS

Desde su niñez, Mercedes había tenido dificultad para dormir en una cama extraña. La noche anterior había sido una excepción. Cuando se despertó estaba totalmente descansada y deseosa de empezar el nuevo día.

Habían acabado el rodaje mucho más tarde de lo anticipado. Su estimada directora había demostrado ser una jefa formidable, exigiendo toma tras toma, hasta llegar a la perfección que ella exigía. Fue un buen día, pero agotador.

Mercedes sabía que Quinn estaba cansadísimo, y como no quiso hacerlo manejar hasta Jersey, cuando acabaron el rodaje sugirió pasar la noche en el apartamento de él que quedaba mucho más cerca. ¡Qué sorpresa se llevó al entrar en su apartamento! Era asombrosamente grande. Tenía una claraboya en el techo abovedado de la sala, un comedor y una cocina espaciosa, invitadora. Había mucho más espacio de lo que necesitaba un joven soltero; y era mucho más caro de lo que un músico sin empleo podría pagar.

Sólo un dormitorio. Ella había ofrecido dormir en el sofá, insistiendo que estaba tan cansada, que podría dormirse en la bañera. Quinn no se lo permitió, y amablemente le cedió su propia cama, llevándose una frazada y almohada a la sala.

Ella se levantó, y andando en puntillas, se asomó al pasillo para ver cómo estaba él. Como no había traído nada con ella, al darse una ducha, había lavado su ropa interior a mano y se había puesto una camiseta grandota de él para dormir. Se había asegurado, modestamente, de que la camiseta le cubría el trasero desnudo. Había puesto su ropa en el asiento de la ventana del dormitorio para secarla.

Ya no se construían casas como ésa. Mercedes se sonrió ante lo que parecía más una declaración que su hermana, Tamara, haría, con respecto a la sección de hogar de su revista. Las paredes eran de yeso fuerte, no del muro seco moderno; el trabajo en la madera, los marcos y el moldeado en el borde del techo hablaban de una mano de obra orgullosa. Un borde ornado rodeaba los pisos de madera dura que brillaban bajo sus pies desnudos. No tenía duda que los hogares en la sala y el dormitorio funcionaban perfectamente para calentar el apartamento durante los meses de invierno.

Su imaginación voló pensando en lo que ella podría hacer con este lugar. ¡Con el talento de Tamara para decoración de interiores! Quinn, como hombre que era, lo tenía más o menos limpio y escasamente amueblado. Evidentemente, él tenía tres guitarras: una en el dormitorio, la Gibson eléctrica en su estuche en la sala y la acústica recostada contra la pared en una esquina de la cocina. ¿En caso de qué? ¿De que tuviera una inspiración súbita mientras se preparaba un bocadillo?

Se sonrió. Él dormía de costado, cubierto por la frazada, su cara apretada contra la almohada. Sintió la tentación de acariciar su pelo, suelto ahora y la única parte de él que era visible. Resistió su impulso y se apuró a entrar al baño.

El desayuno. Le iba a preparar un desayuno como para un rey. Se duchó lo más rápido que pudo. Su ropa interior estaba ya seca y fresca como una flor.

Mientras él dormía, abrió el refrigerador para buscar algunos ingredientes. No tuvo mucha suerte. No había ni un huevo. Un cartón de jugo de naranja, un galón de leche medio vacío, y algo marrón en una caja que podría haber sido los últimos tres pedazos de pizza en otra vida.

Esos pobres ingredientes no formaban parte del desayuno de un rey. Ella tomó las llaves de Quinn de una clavija magnética en la puerta del refrigerador, recordando que habían pasado por una pequeña tienda de comestibles en la esquina.

Volvió en unos minutos, subiendo los escalones alfombrados con la bolsa de comestibles apoyada en la cadera.

¿Y si él malinterpretaba su acto de agradecimiento? El pensamiento la sobresaltó. Una muchacha pasa la noche en su casa y le hace el desayuno. ¿Interpretaría él eso como que ella tenía algún tipo de intenciones románticas hacia él, y se sentiría incómodo en su presencia como lo haría la mayoría de los solteros?

Eso sería tonto, si él lo hiciera. Comenzó a preparar la comida. Él le había hecho un favor, yendo mucho más allá del deber, comiendo cucharada tras cucharada de esa porquería de Rapsodia de Ruibarbo.

—¿Qué miércoles es ruibarbo, de todos modos? —se preguntó a sí misma en voz alta mientras ponía la mesa para los dos.

Ahora, si pensara eso después de que ella admitiera haber tardado media hora revolviéndose en la cama, entonces tendría motivo. Había tomado esa media hora para superar el hecho que era la cama de Quinn. Que el colchón, las sábanas y las fundas de las almohadas olían a él. A pesar de estar agotada después del rodaje, sus sentidos estaban totalmente despiertos, reaccionando a la realidad de él dormido en la misma casa.

Su cabeza le había dado vuelta con fantasías. Ella no había planeado en que esto sucediera, pero sucedió. La fascinaba de tal manera, la hacía pensar en lo que sería tenerlo envuelto alrededor de ella, besándola, acariciándola, susurrando en su oído.

El desayuno. Tenía un desayuno por servir. Los huevos revueltos con un poco de cebolla y cubitos de jamón. Unas papas fritas y tostadas de pan de centeno untadas con mantequilla y dulces rodajas de fresas. Con todo eso iba un café americano, preparándose fresco en la cafetera eléctrica. Y había puesto una mesa encantadora, si se consideraba que había tenido que hacerlo con platos del papel y tazas de café sin juego.

La atmósfera idílica desapareció en un instante al grito masculino que se oyó a través del apartamento. ¿Cuándo se había levantado él?

—¿Qué es esto? —le oyó gritar desde el baño—. ¿Qué infiernos es esto? ¿Qué me está pasando a mí? Mercedes, ¿estás aquí?

Antes de que ella llegara al baño, él se tambaleó hacia el vestíbulo. Y a ella se le escapó una exclamación.

Bien, ella aprendió algo importante. Al "Tipo alto, guapo con la coleta" le gustaba dormir en su ropa interior. Y la llenaba bastante bien, también.

Desgraciadamente, el resto de él estaba cubierto en ronchas rojas. Si una pulgada en él no era roja, era rosada. Sus brazos, sus piernas, su espalda, su cuello, su cara y ella no quería preguntar acerca del resto.

—Eso parece que ah...pica —declaró ella.

—¿De veras? —Él rastrilló sus dedos, rascándose por todas partes—. ¡Me siento como si pudiera quitarme la piel en un pedazo! ¿Qué es esto? ¿Qué es esto?

—Yo...yo supongo que debe ser un... una reacción alérgica. —ella tragó duro—. No soy una doctora, pero mi hermana Alina tuvo algo así una vez. Ella era alérgica a una planta que mi madre había traído a casa. Tú eres alérgico a...a...

Quinn gimió. La miró con el ceño fruncido.

—El ruibarbo —gruñó.

—Sí, el ruibarbo. —Mercedes aclaró su garganta—. Si tú eres alérgico, Quinn, por qué lo...

—¿Cómo lo hubiera sabido yo? ¡Nunca había comido esa porquería antes! Nunca en mi vida. ¡Y si jamás lo como de nuevo, será demasiado pronto! ¿Qué hago? ¿Qué hago?

Se rascó la espalda contra el marco de la puerta del baño, estremeciéndose de la picazón enloquecedora.

—Bien, para empezar debes dejar de rascarte. Si te rascas se te extiende por todos lados.

—¡No creo que pueda extenderlo más de lo que ya está! ¿Adónde infiernos se podría extender? ¿A la cocina?

Mercedes inclinó la cabeza hacia él, desafiadora.

—No me levantes la voz. ¿Me oyes?

—Lo siento —él murmuró—. Haz algo. Por favor.

—Estoy intentando. —Buscó rápidamente en el botiquín—. Por favor dime que tienes loción de calamina.

Encontró vendajes. Alcohol. Crema de afeitar. Una botella de aspirina.

—No tengo ninguna de esas cosas aquí. No soy alérgico a nada. O por lo menos, no pensaba que lo fuera. ¿Qué más podemos hacer? ¿Puedes llevarme al hospital? ¡Ah, Dios, me pican los párpados!

Los hombres podían ser unos bebés. Le quitó la mano de la cara.

—Deja de rascarte, ya. Simplemente relájate, Quinn. ¿Hay una farmacia cerca? Ah, espera. Esa tiendita de comestibles vendía remedios comunes. Vuelvo en seguida.

—¡Date prisa! Me siento como si me fuera a morir.

—No vas a morir de ésta, Quinn. —¡Caramba! ¿Y dicen que las mujeres son el sexo más débil?

—¿Qué sabes tú? Comí tanto de esa asquerosidad que me dio vueltas el estómago toda la noche.

—Entonces, ¿supongo que no comerás el desayuno? —ella suspiró—. Te hice huevos, papas fritas y...

—Para. Por favor. —Asiendo su estómago y poniéndose verde, se dio vuelta y cerró la puerta del baño de un golpe.

Se hizo una nota mental: loción de calamina para la picazón, y té de manzanilla para el estómago.

—Es sábado por la noche, no tengo una opción. Tengo que salir así. Con tal de que pueda dejar de rascarme suficiente tiempo para poder tocar la guitarra, no me importa.

Mercedes suprimió la risa, las manos plegadas sobre la rodilla. Por lo menos, Quinn se había tranquilizado un poco. Por eso ella estaba agradecida.

—Esto debería estar fuera de tu sistema para entonces —ella le aseguró—. Alina estuvo bien en un día o dos.

—Apostaría que Alina no tenía una banda de rock. O un mal caso de urticaria tan cerca de su debú.

—Tienes razón. Pero ella tenía catorce años. Y faltó a la escuela hasta recuperarse porque dijo que se parecía una langosta quemada por el sol. A decirte la verdad, tenía razón.

Quinn hizo una pausa al ponerse la loción rosada en las piernas:

—¿Cuántas hermanas tienes, exactamente?

—Dos. Tamara y Alina. Yo soy la beba. Alina es la mayor. Tiene un niño, lo está criando sola ahora. Su marido se murió ya hace dos años.

Fue su idea el cubrir el sofá con una sábana vieja, para no manchar los cojines con la loción. Qué pena ese desayuno encantador que había cocinado. Él estaba bebiendo su segunda taza de manzanilla y por lo menos la náusea parecía habérsele pasado.

—Siento oír eso. ¿Cómo está Alina ahora?

—Está bien, ahora. Al principio fue muy duro para ella. Marco era un bombero. Murió cumpliendo su deber. Naturalmente, ella no tuvo tiempo para prepararse.

—Es muy triste. ¿Tienes hermanos?

—No. Solamente tres muchachas. Mi papá no pudo aprender cómo hacer a un muchacho.

El comentario lo hizo reírse entre dientes. Mercedes sonrió. Estaba frotándose una capa de loción en el pecho y el estómago. Su cuello y su espalda serían la tarea de ella.

—¿Eso—ayuda? —preguntó.

—Un poquito. —Se encogió de hombros—. Todavía me pica. Aunque no tanto como antes.

—Lo siento.

—¿Lo sientes? ¿Por qué? No fue culpa tuya. —Le ofreció la botella de loción—. ¿Te importa?

—N-no. En lo más mínimo.

Corriéndose en el sofá, él le dio espacio para sentarse. Quinn se apoyó en el brazo del sofá, estirando su ancha espalda cubierta de ronchas, esperando sus manos. Mercedes dudó, tomando el coraje para hacer esto. Se volcó la loción en la palma, se frotó las manos y la masajeó sobre los músculos firmes de su espalda.

—¿Hablas mucho con tus hermanas?

—Bien... más con Tammy. Ella vive a aquí. Alina se mudó a Florida cuando se casó con Marco. Le gusta vivir allí. Nos reunimos, una o dos veces al año.

—Eh... ¿Qué piensan ellas de su hermanita pequeña en un anuncio comercial en la televisión?

—Ah, Tammy me advierte sobre los peligros del diván del director cada vez que lo menciono. Pero Alina se jacta de mí a cualquiera que la escuche.

Dándole la espalda, él frunció el ceño.

—Acerca de ese "diván del director", ¿has tenido algún problema con ah... con eso?

Él la sintió que vertía más loción, esta vez directamente hacia su piel. La frialdad lo hizo estremecer, pero se sintió bien después de un momento. El contacto de ella con su cuerpo era lento, erótico.

—Hay asquerosos en todo negocio —dijo ella—. Y parece que la mayoría de ellos gravita hacia este negocio. Pero esta muchacha pequeña no les permite jugar.

A Quinn le gustó la actitud pendenciera que emanaba de sus palabras.

—No quieres ser una estrella tan desesperadamente, ¿eh?

—No, de hecho, no. —Parecía haberse ofendido a la mera sugerencia—. Yo...yo sé que, para algunas actrices, no hay límites. No hay nada que no harían por ver sus nombres en luces. Pero el respeto que me tengo a mí misma no tiene precio, no está en venta.

—Me alegro. ¿Cómo sabía yo que ibas a decir eso? — Dándole una sonrisa afectada por encima del hombro, dijo—: Con razón Tamara presume sobre tí.

—Alina presume. Tamara me da las disertaciones.

Ese tema era muy sensitivo para ella. Y no quería perturbarla, en caso de que ella decidiera dejar de acariciar la loción en su piel. Sus manos lo acariciaban, lo aliviaban, llegando hasta los músculos del cuello. Se estaba excitando. Definitivamente.

—Y, ¿qué piensan de que cantes con un grupo de rocanrol? ¿Les contaste eso, también?

—Ah... Alina me dio un discurso largo por teléfono acerca del sexo, las drogas y el rocanrol. Tammy piensa que es maravilloso. Va a venir el sábado por la noche a vernos. La conocerás entonces.

Eso le resultó muy gracioso a Quinn.

—Tienes una hermana que desaprueba de tu carrera como actriz, pero el rocanrol es maravilloso. Y tienes otra, exactamente opuesta. Esas dos parecen un par.

—¡Me dices a mí que son un par! Date vuelta. Necesito ponértela en la cara.

—Aaaah, no quiero ese lodo blando en mi cara —él gimoteó.

—¿Te das vuelta y dejas de hacerme las cosas difíciles?

—¿Por qué no terminas primero lo que se te puede haber olvidado en la espalda?

Había sólo una parte a la que él podía estar refiriéndose. Directamente debajo de la parte angosta de su espalda y encima de los muslos, discretamente cubierta por su short de algodón. Ella se rió de su travesura.

—Señor, yo he tocado todo lo que voy a tocar aquí atrás. Ahora... ¡dese vuelta!

Al darse vuelta en los cojines, alzó la mano al cuello para rascarse. Firmemente, ella envolvió su mano alrededor de la muñeca fuerte de él. La expresión de él decía: *¿Y qué?*, rebelde y todavía divirtiéndose.

Ésta era ciertamente una situación. Ahí estaba ella, sentada al lado de un hombre en ropa interior, echado en su sofá, con la piel cubierta de ronchas y loción de calamina. Y su mirada fija en la suya.

—¿Y qué pasó, Quinn?

—Ya te dije. Una loca llamada "gloriosa Srta. C" me hizo comer el helado más repugnante que he saboreado en mi vida.

—Esto. ¿Cómo pasó esto?

Mojados y pegajosos de la loción, sus dedos aún parecían acariciar su mejilla izquierda.

—Me apuñalaron en una pelea de puños. Tenía diecisiete años. Fue cuando me fugué y tuve unas palabras con otro tipo en la calle. Ni me acuerdo acerca de qué. En un momento, nuestros puños estaban volando. Luego, cuando quise acordar, él sacó una navaja, y me hizo esto en la cara.

Era una historia que él no contaba a menudo. Y lo sorprendió la facilidad con la que lo había hecho.

En un impulso, él cubrió la mano de ella con la suya.

—Un muchacho, a los diecisiete años —ella procedió con compasión—, eso debe de haber sido doloroso para tí. De varias maneras.

—Eso es verdad. Me dolió. —Le fue difícil admitir la próxima parte—. Me hirió el tener un padre que hubiera podido pagar por la cirugía plástica y se negó. "Para que aprendas", me dijo. "Para que no te olvides".

Mercedes estaba callada. Le puso loción en la frente, las mejillas y la barbilla en gotitas, extendiéndola por el resto de su cara.

—¿Ésa fue la razón por la cual te fugaste? ¿Tu padre?

—En realidad, me fui para tratar de conseguir su atención. Mi padre sólo lo era en nombre. Así me parecía a mí. Él ni siquiera vino a buscarme. Y sabía que me gustaba la ciudad, que era el primer lugar dónde buscarme. Envió a la policía a buscarme, pero por otra parte, regresó como de costumbre al negocio.

—¿Así que volviste a tu casa por tu cuenta propia?

—No, se me acabó el dinero y no hubiera podido volver aunque hubiera querido. El criado de mi papá vino a buscarme. Fernando me trajo a casa y me dijo que nunca volviera a asustarlo a él y a Isabel de esa manera.

—¿Isabel es...?

—La esposa de Fernando. Ellos son los dueños de una ferretería ahora, la que he estado administrando para ellos.

Un calor penetraba entre sus cuerpos a través de su ropa. Era una intimidad tibia y que sanaba.

¿Por qué parecía que esos momentos tendrían más impacto en su memoria que su tan esperada "primera oportunidad" de sólo horas antes?

—Si yo tuviera un hijo —dijo él, y su tono se suavizó—, saldría a buscarlo. No, él no tendría que fugarse en el primer lugar, porque tendría toda mi atención. Mi familia vendría primero, antes que el dinero, antes que el negocio, antes que nada más en mi vida.

Esas palabras le resultaron muy familiares a ella. Los dos de sus padres las habían dicho. Y Marco, el marido de su hermana.

La propia Mercedes creía en ellas. A menudo, sus sueños la habían preocupado. Pero sus ideales y sus prioridades estaban en la misma vecindad que los de Quinn.

—No te quita nada, tú sabes. La cicatriz. Todavía eres un tipo alto y guapo.

Él sonrió.

—Supongo que podría haber hecho algo al respecto, pero hace tanto que está allí.

—Mmm. Y probablemente sirve como un recuerdo. Hay muchas maneras mejores de conseguir atención. Si no puedes obtener la atención de alguien, quizá no merezca la pena el esfuerzo.

La única parte de su cara que no tenía loción eran los labios. Y también el área que los rodeaba. Inclinándose hacia adelante cautelosamente, ella apretó un beso ligero contra su boca.

Un beso. Un beso impetuoso. Quinn parecía haber estado preparado para él, aceptándolo, respondiéndole hambrientamente.

—Aprecio lo que hiciste ayer —ella murmuró—. Pero es mejor que me vaya. ¿Estarás bien?

¿Se iba? Naturalmente. Vivía en Jersey. Y sería semejante viaje sin un automóvil.

—¿Por qué no me das un minuto? Me pondré unos pantalones, y te llevo.

—No creo que estés en condiciones de hacer eso, Quinn.

—Entonces, ¿por qué no te quedas aquí?

Había mil razones por las cuales no debía quedarse en su apartamento. La más prominente: él se sentía muy atraído hacia ella, y ella también hacia él. Y él no estaba condiciones para eso tampoco.

Un poco de distancia y tiempo entre ellos le permitirían la oportunidad para aclarar su mente. Quizá ella podría olvidarse de lo bueno que fue besarlo y concentrarse en el show del sábado de Straight-Up Tequila.

—Me quedaré si me necesitas —ella ofreció—. Pero si piensas que estarás bien, necesito irme a casa.

Él no quería confesar la verdad.

—Estoy mucho mejor de lo que estaba cuando me levanté. Si tienes que irte, entonces, te veo el sábado.

—Hasta entonces. Y te pondrás bien. Sólo evita la Rapsodia de Ruibarbo.

De nuevo, ella quiso besarlo. Sobre todo cuando él la miraba de esa manera anhelante. Loción de calomina, ronchas, cicatrices y todo. Pensó que sus ojos nunca habían caído en un hombre más deseable.

—Para que sepas, yo habría ido a buscar a alguien que yo amaba si se hubiera perdido, también.

Poniendo su bolso al hombro, se dirigió hacia el metro. Y recordó una canción de *My Fair Lady*— "En la calle donde tú vives".

Con interés, ella se fijó en los otros edificios en la cuadra de Quinn. Los escalones de entrada, los toldos en las tiendas. La vista del paseo y el río brillando bajo el sol de verano.

La canción tocó en su cabeza, junto con la imagen de Quinn. Era la primera vez que una canción se hubiera asociado con un hombre en su mente. O quizá era al revés.

De cualquier modo, le estaba pasando algo nuevo, algo que subía de un nuevo lugar dentro de ella—una parte pequeña que, si no tenía cuidado, le pertenecería a Quinn Scarborough.

CAPÍTULO SIETE

El grupo americano, The Wallflowers, se oyó a través de los portavoces del locutor. En otros diez minutos, Straight-Up Tequila entraría a toda velocidad con nuevas canciones y una cantante de respaldo, nuevita, flamante.

A unas tres cuadras de la rambla, el lugar de las muchachas era muy popular entre la gente local y los turistas atraídos por la playa. Era un establecimiento decente, casual, un lugar para relajarse después de un día de tomar el sol y poner monedas de veinticinco centavos en las casillas de juego de la rambla.

En las paredes había retratos de "chicas malas famosas" haciéndole honor al nombre: Mae West, Bette Davis, Madonna, Calamity Jane, Bonnie sin su Clyde. La muchedumbre de fin de semana empezó a entrar poco a poco, solos, en parejas o en grupos.

A las diez, había un público considerable. Mercedes estaba de pie al lado de la plataforma mientras sus compañeros ponían toques finales de último momento. Verificando micrófonos y amplificadores, trabajaban con el establecimiento a media luz. Onix estaba ajustando el micrófono que iba a usar.

Una vez más, Mercedes examinó las caras de los patrocinadores del club. Quizá Tamara no había podido venir. Su hermana vivía cerca del pueblo costero. Hacía unos años Tamara había comprado una casita en *Old Bridge* para reducir el viaje a su trabajo. Pero aunque viviera cerca era posible que algo inesperado hubiera sucedido, impidiéndole venir.

Se sentiría defraudada. Mercedes comprendía, pero

había esperado que su hermana pudiera ver su primera actuación con el grupo. Conociendo a su hermana mayor, ella sabía que solamente algo muy importante podría evitar la presencia de ella en el club esa noche. Cuando Tamara Romero hacía una promesa, no la quebraba fácilmente.

Su atención fluctuaba entre mirar la entrada y a sus compañeros de grupo. El viaje por la costa de Jersey había sido interesante. Steve y Ryan habían venido abajo en la mini-camioneta de Ryan; Quinn manejó solo y Onix había pasado por Hoboken para recogerla a ella, procediendo directamente de allí a la 95 Sur y la carretera Garden State.

Había habido un pequeño desacuerdo entre entre Quinn y Onix. ¿Y el desacuerdo? Quién manejaría casi dos horas con Mercedes de pasajera. Fue un desacuerdo breve y Quinn, cediendo, murmuró:

—No importa.

Algo le dijo a ella que sí le importaba a Quinn. Onix debería haberlo comprendido, también. Durante el viaje hizo un comentario impertinente acerca de no querer golpear cabezas con el jefe por una muchacha. Mercedes le había recordado firmemente que ella no era "una muchacha", ella era parte de la banda Straight-Up Tequila. La conversación fue muy incómoda para los dos, y Onix había cambiado el tema.

—¡Merce!

Se había distraído y no había notado la entrada de su hermana. Viéndola que la saludaba con la mano desde una mesa para dos, Mercedes se dirigió hacia ella a través de la muchedumbre.

—Pensé que quizá no vendrías —saludó a su hermana con un abrazo y un beso en la mejilla.

—Yo pensé que nunca iba a salir a tiempo de esa oficina —Tamara se lamentó—. Estamos muy apurados para sacar el próximo ejemplar a la calle. Tengo una mujer fuera con licencia de maternidad, otra fuera enferma. Ha sido una pesadilla. Pero eso no importa ahora.

Mercedes sonrió mientras su elegante hermana se sentaba a esa mesa, depositando su bolso diseñado por Louis Vuitton en la otra silla. Se notaba que Tamara había ido al peluquero y a la manicura esa semana, su pelo se desplomaba en olas espesas a la nuca y sus uñas eran color vino tinto.

—¡Tienes el bonito subido hoy, muchacha! —ella saludó a su hermana menor.

—¿Yo? ¿Y qué tal tú? —Mercedes tomó otra silla y la acercó a la mesa—. A ti se te ve muy bien. Diego Santamaría no sabe lo que se está perdiendo.

—Tú sabes, las quiero muchísimo a tí y a Alina. Pero ustedes dos tienen que dejar de mencionar el nombre de ese hombre alrededor de mí. Hace mucho tiempo que no me acuerdo de él. —Alcanzando más allá de Mercedes, ella llamó a una camarera—. ¿Ésa es tu banda?

—Sí, son ellos. —Se recuperó del pequeño regaño de su hermana.

—¿Cuál es Quinn? ¿El que estuvo en el anuncio contigo?

Su hermana *estaría* curiosa sobre él.

—Es el del pelo largo y el buen cuerpo.

—¿Bueno? Está entero. —Tamara le hizo una guiñada a él—. ¡Es muy guapo!

—Sí, sí, Quinn es guapo.

La camarera se paró entre ellas, poniendo dos servilletas en la mesa.

—¿Qué les puedo servir, chicas?

—Una margarita, por favor. Sin sal.

—Nada para mí —dijo Mercedes.

—Ella no está bebiendo. Es la cantante de respaldo —Tamara presumió.

Sofocando una risilla, la camarera se alejó.

—¿Sabes que me voy de vacaciones? —Tamara empezó—. Me voy a Santo Domingo. Ya tengo mi pase de abordamiento y todo.

—¡Ay! Tengo celos.

—¿Por qué no te vienes conmigo? Podría cambiar las reservaciones. Por supuesto, voy a ver a la abuela y a la familia. Pero el resto del tiempo, planeo vivir en la playa. Sería divertido, tú y yo.

La oferta era tentadora. Mirando hacia el escenario, ella vio a Quinn. Tenía un cierto aire, uno que ella no había visto antes, anterior a una actuación. Estaba muy serio e intenso y, sospechaba ella, nervioso.

Porque lo que él estaba haciendo era importante para él. Porque él era muy serio acerca de su trabajo. Y ella halló que, eso era sexy, también.

—Te acompañaré otra vez a Santo Domingo, Tammy. Me olvido de las fechas, pero el grupo tiene varios shows en septiembre. Y—ah, sí—también necesito buscar un trabajo regular.

—Bien. ¿Es ésa la única razón por la cual no quieres venir?

Viendo como se reían y bailaban los ojos de Tamara, ella dijo:

—Ésa es la única razón. No hay nada entre Quinn y yo, Tammy. Así que puedes dejar de buscar algo que no existe.

—Si tú lo dices. ¿Me lo vas a presentar por lo menos?

—Te los voy a presentar a todos. El paquete entero.

La camarera volvió, puso el trago de Tamara sobre la servilleta y se alejó de nuevo.

—Es hora de que suba. ¿Vas a estar bien aquí, sola?

—¿Yo? Soy una chica grande. Una amiga iba a venir conmigo, pero no pudo encontrar a una niñera a último momento. Tomaré un destornillador después de esto. Quizá me tome unos tragos de Cuervo con ese mozo. Me encantan sus bíceps.

—¡Tamara!

—¡Ah, vete! Sólo estoy fastidiando. —Le pellizcó la mejilla a Mercedes. Tamara estaba llena de bromas y juegos esa noche, segura de que su hermana menor no podía ver el dolor en sus ojos. —En serio, estoy manejando, así que sólo tomaré dos gaseosas de jengibre.

Se rió del suspiro sufrido de Mercedes.

—Vete para arriba, muchacha, antes de que empiecen

sin ti. Ah, y parece que Quinn se ha repuesto muy bien de sus ronchas.

—¡No menciones las ronchas!

—¡Bueno relájate! Voy a comportarme. Lo voy a intentar, por lo menos.

Ryan la vio mientras trataba de abrirse paso a través de la muchedumbre y le señaló que se diera prisa. Ella apuró el paso, dándose cuenta que, en realidad, estaba más emocionada que nerviosa.

Enfócate. El enfoque de sus pensamientos era lo más importante ahora. No podía preocuparse por su hermana, quien había tratado tan duro para demostrar que Diego no le importaba.

Ésa era la limitación principal de la hija del medio de Alejandro Romero. Generalmente una persona fuerte y optimista llena de entusiasmo por la vida, si algo no estuviera bien en su mundo, ella se lo guardaba para ella.

Irónicamente, ella era muy sensible a otros, sobre todo sus hermanas. Casi psíquica. Siempre podía decir cuando algo le estaba molestando a Mercedes o a Alina, y su hombro siempre estaba disponible para llorar en él.

Ahora la situación era diferente. La que siempre brindaba consuelo se negaba siquiera a reconocer su necesidad de recibirlo. Su orgullo, su ego y su corazón habían sido heridos. Tamara no había dado detalles acerca de su ruptura; apenas había dicho que había hallado a Diego con otra mujer. Después de eso, ella no toleraba que nadie siquiera mencionara su nombre.

Ya en la plataforma, Mercedes miró a Quinn larga y estudiosamente.

Ella podría tener los mismos sentimientos hacia Quinn que Tamara había sentido por Diego. Y mira lo que les pasó a ellos.

Su hermana había conocido al escritor de novelas de espionaje chileno en unos de sus muchos viajes. Mercedes creía que había sido Hawaii. Hasta ese momento, Tamara nunca había tenido una relación seria con ningún hombre. Era una coqueta picaflor y su educación y ca-

rrera en la revista siempre habían sido más importantes
para ella.

Pero entre ella y Diego había nacido un incendio in-
contenible. Él le había gustado a Mercedes las pocas veces
que ella lo había visto. Y él había parecido totalmente de-
dicado a Tamara. La relación duró más de seis meses. Sin
advertencia, la relación había terminado. Así nomás.

Sin una introducción del locutor o del gerente del
club, el grupo entró directamente en la primera canción.
Mercedes sintió las vibraciones de la música bajo sus pies
y eso aumentó su excitación.

De vez en cuando, a lo largo de la canción, Quinn la
miraba. Miradas de apreciación. Ella llevaba una falda
negra y blanca con una apertura a un lado, discreta pero
sexy. La última vez que ella se la había puesto, él le había
dicho cuánto le gustaba. Por eso la había escogido. No
para Onix ni para el público, ni para nadie más. Para él.

En el puente de la canción, Quinn vino a compartir su
micrófono. Sus hombros rozaron contra ella. Ella pensaba
que como artista él no tenía igual. Como hombre tampoco.

Recuerda a Tamara y Diego.

El amor es peligroso. Imprevisible.

Ella comprendía el teatro. El dolor que se sentía allí no
podía compararse en ninguna medida al dolor que el
amor era capaz de infligir.

Algo espinoso en sus piernas trató de despertar a Quinn
de su sueño. *De ninguna manera.* Era demasiado pronto
para despertarse cuando el sueño todavía era tan pesado y
delicioso. Tenía que ser lo que quedaba de un sueño. Ti-
rando de su frazada, se dio vuelta y cerró los ojos de nuevo.

¿Dónde estaba? La pregunta fue otra interrupción molesta.

No estaba en su casa, en su propia cama. Su cama era
más espaciosa. Parecía su casa, con los sonidos de tráfico
cerca, los sonidos a los que estaba acostumbrado y que no
le impedían dormir nunca.

El apartamento de Mercedes. Ella había insistido en que él pasara la noche allí, para que no tuviera que ir tan lejos a su propia casa en Brooklyn a las tres de la mañana. Ahora algo muy afilado le pinchó el muslo a través de la frazada.

—¡Ay!

Para evadir el dolor, rodó en la dirección opuesta y aterrizó sin ceremonias con su trasero en el piso. Su codo le pegó al borde de la mesa, y una cadena de palabrotas surgió de su boca.

Mirándolo fijamente desde el borde del sofá había un gatito negro, muy contento. El pequeño animalito responsable de su caída maulló con orgullo.

—Sí, *miau* a tí también —él murmuró, quitando la frazada de abajo del gato. El pequeño intruso se alejó al instante.

Era más tarde de lo que parecía. Eran las diez treinta y dos, según su reloj que había puesto en la mesa la noche anterior. Él raramente se permitía dormir después de las siete. En realidad, también era muy rara la vez que Straight-Up Tequila tocaba hasta la una en un club que quedara a una hora y media de donde vivían.

Él hubiera manejado el resto del camino a su casa para no molestar a Mercedes. Estaba tan cansado que no se opuso mucho a la invitación amable de ella a que se quedara en su apartamento.

Lo primero que debía hacer era darse una ducha. El gatito negro con las patas blancas y el parche blanco bajo su barbilla pareció ponerle mala cara a Quinn cuando se encaminaba al baño.

¿De dónde había salido ese gatito? Mercedes no había mencionado un animal doméstico, y él no había observado mucho la noche anterior. Había caído exhausto en la cama, durmiéndose al segundo que su cabeza tocó la almohada.

Ahora él podía notar lo que lo rodeaba. La colección de fotografías de familiares en la mesa al lado del sofá. Macetas con flores y plantas, esparcidas aquí y allí, acentuando la atmósfera alegre de los cuartos. Una caja rara y bonita con forma de cofre de tesoro alojaba cuentas multicolores de aceite para el baño. Él pensó que quizá las delicadas toallas blancas y mandarinas en el toallero eran para muestra, no uso real.

Femenino, personal, incluso romántico. El último chorro de agua fría le quitó el último vestigio de sueño. No le tomaría mucho para que su cuerpo se ajustara a la hora que era. Recordó que había dejado sus pantalones en la sala. Estaba bien. Mercedes todavía estaba dormida.

Abriendo la puerta de par en par, se encontró cara a cara con su anfitriona. Soñolienta, atándose el cinturón en su salto de cama, ella alzó la cabeza, y un bostezo se convirtió en un gritito horrorizado. Él cerró la puerta de un portazo.

—Lo siento, lo siento mucho —la oyó a través de la puerta.

—No, mira, mira fue culpa mía. —En su turbación, él se asomó a la puerta—. No esperaba que estuvieras despierta.

Qué modo de agradecerle a su anfitriona su hospitalidad. Sobresaltándola con su desnudez de pollo desplumado.

—Bien, voy a, yo voy a tomar una de tus toallas delicadas —él continuó, intentando cubrirse con una de ellas, descubriendo que no rodeaba sus caderas por completo—. Son un poco pequeñas, pero...

—No, no te preocupes. Vuelvo al dormitorio y te daré unos minutos para...tú sabes: vestirte.

Involuntariamente, Mercedes cerró la puerta del dormitorio de un golpe.

¡Ah—Dios—mío!

Los elásticos de la cama protestaron bajo el peso de su cuerpo cuando se tiró, boca abajo, en ella. ¿Era tan difícil recordar, incluso medio dormida, que tenía un huésped en el apartamento? Un huésped masculino. Tan masculino como el más hombre de los hombres. Estupendamente varón.

Y bien dotado. Sí, lo había notado. ¿Cómo podría no haberlo hecho? Estaría mal si lo comparara con un dios griego. El cuerpo de Quinn era masculino y esculpido en carne y sangre, el cuerpo de un hombre muy real—un hombre que no había tardado mucho en responder, físicamente, a su rápido escrutinio.

—¡Puedes salir ahora, Mercedes! ¡Estoy decente!

—Más que decente —ella se susurró.

¿No eran adultos? Así que lo había visto desnudo. Fue un accidente. Esas cosas sucedían todo el tiempo a hombres y mujeres maduros, ¿no?

Irritada consigo misma, le dio un puntapié a la sábana que rodeaba sus piernas. Su agente le habría meneado el dedo a ella, recitando su discurso favorito: *"Tienes que sobreponerte a este problema que tienes con la desnudez, Mercedes."*

Bien, ella no tenía un problema con desnudez. Ron Carraway pensaba que sí, y Quinn Scarborough tenía derecho a pensar lo mismo. Se había puesto tan confundida y lo había avergonzado más reaccionando como una chiquilla en séptimo grado.

No había nada malo con el cuerpo humano; era bello, en realidad. Con seriedad, ella agregó que el cuerpo de Quinn, sin ropa, era bello. Su cuerpo daba peso al argumento que el cuerpo humano, varón o hembra, no había sido creado para ser explotado.

Quinn estaba subiendo el cierre de sus pantalones vaqueros cuando su anfitriona salió del vestíbulo.

—Eh, oye, vuelvo en seguida, Merce.

El resto de su declaración murió en su boca.

—¿Qué, Quinn?

Él sabía lo que ella estaba tratando de hacer. Estaba intentando parecer indiferente, natural, estando de pie con nada puesto más que una sonrisa. Pero su cara ligeramente ruborizada la delataba.

—Dije, yo quiero, ah... Volveré enseguida. —Él intentó no mirarla fijamente. Ella parecía, en lo profundo de su ser, querer esconderse detrás del sofá.

Sin embargo él no podía imaginar por qué. Su forma era espectacular. Suave y redondeada y ah, hembra cien por cien. Los pezones de sus pechos llenos estaban erguidos y encajarían acogedoramente en su mano. Una chispa de excitación, creciendo en intensidad, corrió por él.

—¿Tienes hambre? Porque voy a buscarnos el desayuno.

—Yo haré eso. En cuanto salga de la ducha.

—Permíteme hacerlo. Tú me lo cocinaste aquella vez, y no pude disfrutarlo. Me toca a mí.

—Bien. Te toca. —Dándole otra sonrisa, ella se metió en el baño.

Quinn respiró profundamente. Si saliera de allí en una pieza, sería un milagro. Se puso su camiseta negra de manga corta, la que había llevado para la actuación, y salió a buscar una fiambrería.

Había habido un mensaje en lo sucedido. Él estaba seguro que no era *"Yo hago esto con regularidad"*. No se necesitaba un científico de cohetes para entender que Mercedes no tenía mucha experiencia. Pero, paradójicamente, se necesitaría un equipo entero de científicos de cohetes para comprender a esa señorita.

Una cosa estaba bien clara: ella confiaba en él. Y él sintió un deseo de protegerla, de cuidar esa confianza, mientras salía en busca del desayuno para los dos.

CAPÍTULO OCHO

El aroma rico de café colombiano convocó a Mercedes a su cocina. Desplegados en el plato de pastel de loza, que Tamara le había regalado cuando se había mudado al apartamento, había una variedad de panecillos y mantecadas. Dos vasos de jugo completaban la comida continental.

Quinn la dirigió hacia una de las dos sillas a la mesa de bloque de carnicero.

—Aquí tengo su mesa, señorita.

—Muchas gracias. ¡Qué elegante! —Ella participó en su pequeño acto, permitiéndole darle la silla para que ella se sentara—. Debo admitir que el cocinero se excedió a lo que yo esperaba.

—Sí, le di un billete de veinte, y él metió unos arándanos extras en las mantecadas. Pero no esperes el violinista que toque tus pedidos. Es su día libre.

Ella se rió tontamente. Él estaba de muy buen humor después de la vergüenza que ella le había hecho pasar. Él hizo un gesto sugiriéndole que se sirviera primero. Había mantequilla, queso crema y crema de Devonshire. Ella escogió un panecillo de arándano y la Devonshire.

—Espero que no me hayas malentendido.

—¿Lo qué? —Quinn puso un panecillo de maíz en su plato y cogió la mantequilla.

—Lo que... —Mercedes aclaró la garganta—. Lo que... cuando salí en la manera que lo hice. Lo hice porque te pesqué cuando no te habías vestido todavía.

—Ah. Estabas desquitándote, entonces.

Se sintió aliviada de que él estaba bromeando acerca de

la situación. Ella lo miró mientras le daba una mordida a su panecillo y se levantó a servirles café.

—No exactamente. Lo hice porque pensé que estabas avergonzado y no quise que te sintieras... que te sintieras...

—¿Cohibido?

—Sí. Cohibido. O que quizá pensaras que yo pensaba...

—Fue un accidente. —Se encogió de hombros mientras ponía las tazas—. Lo mío fue un accidente. Lo tuyo fue gracioso. No malentendí. Ahora hablemos de Onix. ¿Quieres hablar de Onix?

Su instinto le advirtió que cambiara de tema— rápido, antes de admitir que sí, que él pensaba que ella era una muchacha decente y que sí que había despertado unas fantasías salvajes, con sólo mostrarle su cuerpo.

—Onix. ¿Cómo entró él en la conversación? —Mercedes mordió su panecillo—. Era más tarde de lo usual para el desayuno y tenía hambre.

—No entró para nada. Pero creo que debo pedirte perdón por haber intentado que me dejara traerte al club anoche.

—¿Ése era el motivo de la discusión?

Él estaba carraspeando demasiado.

—Bueno, sí. No sé si me pediste que te trajera a tu casa para que no se repitiera la escena o si simplemente estabas siendo amable al permitirme que pasara la noche en tu apartamento. O si querías pasar un poco de tiempo conmigo también.

También. Ésa era la palabra clave.

—Era tarde. Tú tenías que ir más lejos que el resto de nosotros. No quería que te durmieras al volante.

—Ah. Bien, yo no quiero hacer gran cosa de lo sucedido con Onix. Sé que son amigos, y que te gusta ir con él.

—Onix vive en el pueblo al lado del mío. Es un tipo bueno, es gracioso. Sí, es un amigo. ¿No lo eres tú?

Él tomó un trago de café. —Sí. Pero creo que había algo más. A menos que yo sea el único que se siente de esta manera.

La miró por encima de la mesa, preguntándole con los

ESTRELLA   93

ojos. El hambre que ella sentía súbitamente compitió con
el borbotón de nervios que sintió en el estómago.

—Sí, creo que algo está sucediendo —ella murmuró—.
Pero no estoy segura de lo que es. Quiero decir, que no es
una buena idea.

—No. No lo es. No sería bueno para el grupo. ¿Qué tal
si algo sucediera y nosotros nos separáramos? Y quiero
que sepas que anoche... —Quinn puso su taza en la
mesa—. Anoche, estuviste fenomenal, Mercedes. Nadie
podía apartar la vista de tí.

Modestamente ella bajó la cabeza, riéndose.

—Yo estaba intentando no ser menos que cuatro vete-
ranos con experiencia.

—¿Quiénes? ¿Nosotros? —Quinn se burló—. No, tú fuiste
la que brilló anoche. Tu voz fue maravillosa. Tú estuviste
maravillosa. Realmente no espero que te quedes con el
grupo, pero quiero mantenerte con nosotros lo más posible.

Ella se desconcertó.

—¿Por qué no me voy a quedar yo? Anoche me divertí
más de lo que me había divertido en mucho tiempo. Y
me pagaron por divertirme.

Aunque no estuviera listo, había llegado el momento
de la verdad. Con el panecillo a medio terminar, él sintió
que su apetito desaparecía, por lo que se aproximaba.

—Porque esa es la historia de Straight-Up Tequila.
Todos nos divertimos y vamos a casa con dinero en efectivo en nuestros bolsillos. Nosotros nunca estaremos en el
vestíbulo de la fama del rocanrol. Y eso está bien.

Mercedes sacudió las migas de sus dedos sobre su plato.

—Tú no sabes eso con certeza. No se sabe lo que puede
pasar. Un día, estarás tocando en algún lugar pequeño en
Seaside Heights. Al próximo, podrías estar en una gira
mundial.

—Una gira mundial. Ah, sí. Estamos pensando alto y
grande aquí. —Quinn rascó su cuello—. Dime que no
estás esperando eso de Straight-Up Tequila. La posibilidad de que eso suceda no es muy grande.

Más confundida aún, ella lo miró fijamente.

—Bien. Quizá sea yo. Quizá los músicos son diferentes de los actores. Pero yo creía que ésa era la meta de cada banda, por humildes que sean sus comienzos: llegar a la fama— los videos de música, los negocios de grabación, la fortuna, la fama, todo eso.

—Sí, claro. Ése podría ser la meta final. Ya que estás pensando en metas. Una meta, no sé si lo has pensado alguna vez, pero llegar a una meta, a veces, puede resultar en una gran desilusión. No estoy intentando descorazonarte, Merce. Te estoy diciendo simplemente todas esas cosas, no siempre son tan maravillosas como las soñamos.

—Ah, ya lo sé. —Ella se irguió—. Debes pensar que soy muy ignorante en cuanto a la vida, ¿no?

Para que él lo supiera, él no era tan mayor o más sabio que ella. Ella no creía que señalara eso, en medio de una agradable conversación mañanera.

En su opinión, uno tenía que aproximarse al futuro pensando positivamente. Con sueños enormes. Siempre que ella imaginaba la meta que había establecido para sí misma, era hasta las estrellas, más grande que la vida. Ella creía que estaba preparada para el éxito. Después de todo ¿no había pagado el precio de ese éxito? ¿No merecía llegar a esa meta?

—Pero no creo que sea tan malo como lo haces parecer —ella le dijo—. Pero, ¿cual de nosotros podría decir? Ninguno de los dos hemos estado ahí todavía.

Viendo que la había molestado, Quinn procedió cautelosamente. Si fuera posible, él quería evitar mencionar aquel aspecto de la "meta" que él conocía por experiencia: la fortuna.

—Tienes razón. ¿Qué sé yo? Soy un consejero de un reformatorio sin trabajo. Un guitarrista ensayando en un almacén que debería condenarse. Pero estoy haciendo esto por la jornada. Por el amor de crear música. Para mí, esa es la recompensa en sí. No todos podemos decir eso. Por la pasión de hacerlo. La pasión misma.

Mercedes acomodó unos rizos detrás de la oreja. Tendría que esforzarse para molestarse con él, o sacar sus palabras fuera del contexto.

—Ésa es mi motivación, también. No sólo porque quiero ser una estrella.

—Eso no me lo tienes que decir. Lo vi en ti anoche. Tan claro como la luz del día. Se necesita más que talento allí arriba, Mercedes. Se necesita amor. Y esa pasión. Tú tienes eso. Por eso fue tan duro para cualquiera apartar la vista de tí. Sé que a mí me resultó duro apartar la mía.

Por un momento ella no supo qué decir. Nadie le había dicho eso jamás. Ni su propia familia, ni la fabulosa Estelle Wright, ni ninguno de los pocos directores con los que había trabajado.

—Eso debe haber sido lo que vi en tí, también. —Su voz bajó una octava—. Porque tuve dificultad en mantener mi enfoque y no mirarte.

—Tú me estás devolviendo el cumplido, nada más.

—No. No, no es eso. Te estoy diciendo la verdad.

—¿De veras? —Él cruzó los brazos en la mesa, inclinó la cabeza, y se rió entre dientes—. ¡Míranos a nosotros dos, felicitándonos!

Ignorado por ellos, el gatito había subido al mostrador de la cocina y dio un salto hacia la mesa, evitando el plato de panecillos por una pulgada.

—¡Ah, no, señor, usted no hace eso! No sé lo que usted hace en su propia casa, Tigre. —Mercedes suavemente depositó al pequeño animal en el piso—. Pero usted no lo hará aquí.

—Tigre, ¿ah? Le queda bien. Parece realmente feroz.

Ella sonrió.

—Es el gato de mi vecina. Ella está de viaje de negocios, así que se lo estoy cuidando.

—A mí me gustan más los perros que los gatos. Yo tuve un pastor alemán que era parte lobo. Un perro lindo, vivió hasta los quince años. Y tuvimos que ponerlo a dormir.

—Ah qué pena. Yo nunca he tenido un animal doméstico. Nosotros vivimos durante mucho tiempo en un apartamento y mi padre siempre dijo que es injusto tener a un animal enjaulado. Parece que está equivocado en cuanto a Tigre. Él no parece tener problemas. Y es bueno tenerlo alrededor.

Lo cual los llevó a otro tema. Quinn miró el reloj en el microonda. Eran casi las doce del mediodía. No quería abusar de su hospitalidad y debería irse.

Pero se sentía satisfecho con la idea de quedarse sentado allí un ratito más, mirándola a ella. Mercedes estaba tan bonita y cómoda con esa solera estampada. Su pelo, limpio y natural, formaba un marco suave alrededor de su cara.

—Estoy seguro de que tienes algo que hacer hoy —él dijo—. Yo no quiero distraerte de lo que tengas que hacer.

Ella tragó duro.

—¿Por qué? ¿Tienes que irte?

—No. Fernando no esperaba que fuera a la tienda hoy. Él sabía que íbamos a trabajar hasta tarde anoche. ¿Y tú?

—Yo iba a pasar por una librería en esta área. El gerente está buscando ayuda de jornada incompleta. Pensé que quizá fuera algo que hacer hasta que encuentre trabajo de jornada completa.

Estaban incómodos. Quinn suspiró y se echó para atrás en su silla.

—Eso es importante, entonces.

—Pero no me tomará mucho tiempo —ella trató de parecer casual, para no parecer ansiosa de que él se quedara—. No sé si querrías esperarme. Es un bello día. Después de la entrevista, quizá podríamos dar un paseo o algo.

Ahí tenía su invitación. Sonriendo, le dijo:

—No me molestaría esperar a que termines la entrevista. Un paseo y aire fresco. Parece formidable.

Ellos estarían fuera del apartamento. Cuanto más tiempo pasaran allí, cuanta más privacidad tuvieran, más fuerte sería la tentación de que sucediera algo entre ellos.

Quinn se levantó, y empezó a recoger las tazas y vasos vacíos.

—¿Piensas beber algo más?

—Yo haré eso. Tú hiciste el desayuno.

—Ah, sí. Y trabajé muy duro. —Él estaba de pie con ella, riéndose de sí mismo.

Sus brazos se rozaron durante ese breve silencio. Una mirada mutua los atrajo más cerca. Vacilantemente, al principio. Ella vio que sus ojos se cerraron antes de que sus labios se encontraran.

El beso que siguió fue lento y deliberado. Su lengua separó los labios de ella, penetrando su boca con creciente urgencia.

Ella oyó el golpe de los platos al caer en la mesa cuando él la alcanzó y ella lo rodeó con sus brazos. Los primeros dos besos fueron aperitivos. Ahora un tercer beso, sensual y más apasionado que cualquier sueño.

Esto era peligroso para los dos, se le ocurrió a ella. Pero una vez que habían empezado, ninguno encontró la voluntad o la fuerza para apartarse. Apretada contra él, ella lo sintió endurecerse a través de su ropa.

—¿Cuándo es tu entrevista? —él susurró.

—¿Cuándo es? A las tres. Sí. Creo que es a las tres. Me dijo que estuviera en la tienda a las tres.

—Bien. Escucha, no sé por qué saliste así antes, sin ropa. Pero sé que no lo hiciste por provocarme, pero lo quiero, quiero tu cuerpo. Si quieres dármelo.

Él estaba hablando entre alientos, cuando no estaba mordisqueando su oreja y la piel suave de su cuello. Más besos, y más, y pronto, se olvidaría de dónde estaba.

—No quise provocarte, pero... ¿me deseas?

—Si tú quieres —él repitió—. No tomo nada. Sobre todo de alguien que confía en mí. Quiero esto contigo. ¿Me deseas tú?

Él le estaba pidiendo que repitiera su rendición más temprana de la palabra "sí". Ella se controló, sólo apenas. Sus manos estaban en las caderas de ella, apretándolas, poniéndola de tal modo que sus partes íntimas se acariciaran.

—Lo quiero. ¿Pero qué tal el grupo?

—Ellos no están invitados.

—No, yo quiero decir —ella se rió—, tú no quieres, tú dijiste que no quieres enredos románticos. No quieres...

—Nenita, ahora mismo, todo lo que quiero eres tú. No puedo recordar lo que dije antes. Nada de lo que dije tuvo sentido de todos modos. Era tonto.

Campanillas de advertencia silenciosas, como nubes de tormenta en la distancia, sonaban en su cabeza. Quinn ya le había aclarado que una relación entre ellos podía ser potencialmente perjudicial para el futuro del grupo.

Ese hombre decía una cosa con su voz, otra completamente diferente a través de sus besos y sus caricias.

Mercedes abrió la boca en un esfuerzo sin entusiasmo de cambiar su parecer. Lo que salió en cambio fue un suspiro largo, en reacción a las manos de él que se deslizaban bajo su solera, yendo de arriba para abajo en sus muslos.

Por supuesto, él era un hombre. Y un hombre podía divorciar su corazón de su cuerpo cuando se trataba de satisfacer sus deseos físicos— como un actor que hace los movimientos requeridos para un papel. Cuando acabara la obra, se iría del escenario y volvería a quien era antes de empezar.

Ella no podía separarse tan fácilmente de lo que estaba pasando entre ellos. Ni podía hacer nada para detenerlo, sus emociones y su cuerpo chocando con su sentido común.

—Di sí otra vez, Merce. Me gusta la manera que. tú dices sí.

Sus labios, húmedos con sus besos y a una pulgada de los de ella, sonrieron. Sus manos en su cintura la alzaron fácilmente. Por antojo, ella rodeó las caderas de él con sus piernas, y sus brazos alrededor de su cuello.

—¡Sí! —A pesar de su risa nerviosa, el "sí" fluyó fácilmente.

Quinn fue gentil y considerado, llevándola en esa posición y cayendo encima de ella en la cama.

Si ésta fuera sólo su noción de una manera agradable de pasarse una tarde, él la hizo sentir como si significaba más para él. La ayudó a alzar la solera sobre su cabeza, dándose un momento para admirar su cuerpo.

Su cuerpo del cual siempre había estado tan cohibida. Sus curvas redondeadas no habían sido apreciadas muchas veces en su carrera, en una sociedad que celebraba piel y huesos, y mujeres que se mataban de hambre para conservar esa figura delicada de duende.

No había ni un rastro de crítica en la manera que Quinn la miró. Su mirada acabó en su cara y su sonrisa era una de apreciación tierna.

—¿Estás segura, Merce? —Él parecía vagamente angustiado—. Porque una vez nosotros que empecemos, yo... hay un punto donde será duro para mí detenerme.

Ella levantó su barbilla.

—Estoy segura.

Estamos locos al llevar ésto a cabo. Él está loco, yo estoy loca.

Él tenía razón antes. Estar involucrados de ese modo iba a ser malas noticias para el grupo. Sin tener en cuenta lo que sucediera allí esa tarde, ellos tendrían que verse de nuevo. Él todavía sería Quinn, el jefe del grupo y Mercedes sería su cantante de respaldo.

Pero ahora, ahora mismo, ellos eran amantes. Como los amantes apasionados en la canción que él había escrito con Ryan, un hombre y una mujer llegando a ser uno en la cama.

Las campanillas de advertencia se pusieron más ruidosas. Ella las ignoró, mirándolo mientras se quitaba la camisa. Bajó el cierre de sus pantalones vaqueros, sin quitárselos durante unos minutos mientras mantenía su cuerpo desnudo apretado contra él. Una vez que se había quitado los pantalones, él se bajó sobre ella, enterrando la cara en sus senos.

Había otra cuestión— algo de lo cual ella no podía olvidarse, mientras él provocaba su carne con su lengua, empezando desde el cuello y siguiendo por sus senos y ombligo.

—Quinn, no quiero a... es decir que estoy diciendo, tú sabes me preocupa...

—¿Qué? Ah, sí, está bien, Merce. Tengo algo. No querría darte un niño mío ahora a menos que... tú sabes.

Él no entró en grandes explicaciones extensas, simplemente sacó un condón de sus pantalones vaqueros y se lo puso.

—Puedes tocarme, nenita. —Animándola, dirigió su mano hacia abajo. Ella era tímida, pero luego le sonrió.

—Nosotros vamos a problemas después de esto. Tú tienes razón, Quinn. Quizá...

Ah, no, no. Ella quería detenerse. Si ella quisiera detenerse, él no podría obligarla a que siguiera, del mismo modo que no pudo contener el gemido profundo que salió de la parte de atrás de su garganta.

—Pero quiero —ella dijo, enfáticamente—. Dime algo. ¿Sería diferente si yo no fuera tu cantante de respaldo? ¿Si yo fuera solamente una muchacha que te interese?

Él se puso serio.

—Me interesas. Infiernos, comí montones de esa porquería de Ruibarbo Radical por tí, o como se llamara eso.

—Ssst. Lo sé. Pero tú sabes lo que quiero decir, ¿no?

Quinn se pasó la lengua por los labios. ¿Por qué tenía que entrar tan profundamente en él? Ella iba a conseguir que divulgara sus secretos, cosas que él no quería decir. Al mismo tiempo, su cuerpo le dolía por satisfacerlos a ambos.

—¿Quieres que te diga la verdad? Te diré la verdad. Desearía que fueras sorda de tono. Desearía que no pudieras cantar una melodía si tu vida dependiera de eso. Y desearía que tu ambición más grande fuera ser una dependienta en esa librería. De ese modo, nosotros podríamos tener una relación de veras.

Ella pestañeó ante su obvia frustración. Le había dado la respuesta que ansiaba oír, dándole, a esa tarde, un significado más allá de lo físico.

—Bueno. Porque en este momento no quiero ser estrella de rock. Lo que quiero es el consejero de reformatorio sin empleo y que cuida la tienda de su amigo.

Antes de que él pudiera decir otra palabra, ella exigió otro beso. A mitad del beso, Quinn le abarcó la cintura con sus manos, rodándola encima de él.

Bueno. Había perdido alguna de su tensión anterior y

había empezado a relajarse. En sus brazos, ella se sentía bien y tan sexy.

Él se dio cuenta de que hacer el amor era una experiencia nueva para ella. En secreto, decidió que iba a ser especial para ella. Él quería que esa tarde se grabara en su memoria, tanto como estaría grabada en la de él.

El corazón de Mercedes parecía querer escapársele del pecho. Cuanto más la tocaba, y sus manos y boca la provocaban, más potente crecía la excitación. Sus manos le acariciaron la espalda y bajaron por esa zona entre las piernas. Con sus propias piernas, él separó las suyas, entrando en ella con gentileza.

Tuvo un momento de molestia. Se mordió el labio inferior y descansó la cabeza contra su pecho, esperando que disminuyera. Entonces, suave pero firmemente, él le entró por completo.

—¿Estás bien, nenita?

La preocupación en su cara la consoló. Alentándolo con una inclinación de la cabeza, lo sintió moverse dentro de ella, movimientos sensuales acompañados solamente por el ritmo de su respiración y los latidos de sus corazones.

Instintivamente, ella se sentó sobre él, poniendo las manos alrededor de su cintura. Él había querido que ella participara y ella lo hizo, despacio, intencionadamente, agregando a su placer.

Con los ojos cerrados, él estaba jadeante debajo de ella. De a ratos, murmuraba:

—Nenita, nenita.

Esa palabra la asustaba y la conmovía. Ella no era ahora ni Mercedes, ni Merce. Él siguió llamándola así, cariñosamente. Y viniendo de Quinn, en esa voz masculina suya, esas palabras nunca parecieron más sexy. Envueltas en fuego, apasionadas.

Y lo que era más, tenían un dejo de adoración.

Ahora ella entendía lo que él le había querido decir, acerca de llegar a un punto donde detenerse sería difícil. Ella tampoco podría detenerse. Ella no habría querido hacerlo, arrastrada como estaba en esa marea de ardor y deseo.

Y entonces sucedió. En sus movimientos, él se frotó contra esa parte tan sensible, una y otra vez. La sensación se extendió a través de la parte más baja de su cuerpo, transformándose en un éxtasis caliente al rojo y derramándose a través de su sangre. Ella estaba aferrada a él, sintiéndose como si cada parte de ella estuviera en fuego— un fuego que también estaba quemándolo a él. Después de algunos momentos, Quinn cogió su respiración, recobrando la fuerza necesaria para ponerla de costado a su lado en el colchón, frente a él.

Quizá era la luz en el cuarto. O podría también haber sido su imaginación, que por algún milagro todavía estuviera funcionando. El resto de él todavía se estaba recuperando. Fuera lo que fuera, la mujer que estaba al lado de él parecía absolutamente bella. Él le quitó mechoncitos de pelo de su cara para ver sus ojos radiantes de satisfacción y algo más— algo que él no había previsto durante esa tarde impetuosa.

La realidad lo sobresaltó. En esa mirada él podía ver la historia completa. Completa. Las invitaciones, la banda de oro, el pastel blanco de tres pisos, y el sonido de patadidas y vocecitas que lo llamaban "Papi."

—Me encantó eso. ¡Me encantó eso tanto! —ella ronroneó—. Me gustaría hacerlo de nuevo.

Quinn abrió la boca, sólo para que la llenara otro beso hambriento. Ése no era el problema; él podría besarla todo el día. Quizá lo matara, pero trataría, pasándose el día entero haciéndole el amor.

—Bien, primero necesitamos hablar, tú y yo, Merce.

—¡Sí, hablemos! Ah, Quinn, tendremos que hablar camino a la librería. Mira la hora, querido. Tengo que vestirme.

Le cubrió la cara con besos. Y, más rápidamente de lo que él hubiera podido hacerlo, saltó encima de él y salió de la cama.

—Bien, bien... hablaremos por el camino, entonces. Ése es el plan. Hablaremos por el camino.

Agarrando sus pantalones vaqueros, se vistió. ¿Cuál era la prisa? Una vez fuera, tomarían un poco de aire fresco y él le aclararía las cosas.

Podría hacerlo sin herirla. Explicarle que, aunque él tenía sentimientos hacia ella y se sentía muy atraído a ella— no podía contener el deseo de tocarla en realidad— ellos no podían exagerar la importancia de la relación. Si hicieran eso, crearían un problema inminente para el grupo, para su carrera. Y lo que era más, nadie— pero nadie—había hecho ninguna promesa de un compromiso.

Quinn usó el cepillo del pelo de Mercedes de la cómoda para alisar su pelo y atarlo pulcramente. Él frunció el cejo a su reflexión, pensando que se veía como alguien que acababa de calentar las sábanas con la cantante de respaldo más sexy que él había conocido en su vida.

En realidad, acababa de hacerle el amor a la primera mujer que lo había vuelto loco de deseo, desde el momento que había entrado en su vida.

CAPÍTULO NUEVE

—¿Quién está hablando de compromiso? ¿Me oíste mencionar compromiso? ¿Cómo se te ocurrió esa idea?

Mercedes se escuchó, tratando de que su voz no pareciera histérica. En un par de cuadras, había pasado del regocijo de haber sido contratada por el dueño de la librería a sentirse lívida.

Quinn levantó los brazos en protesta.

—Nadie está diciendo que estás pensando en compromiso, Mercedes —dijo defendiéndose—. Yo estaba conversando, nada más. Estaba haciendo un comentario acerca de relaciones. Como a veces la mujer está lista para algo serio y quizá el tipo no lo está. Eso es todo lo que estaba diciendo. No pensaste que estaba hablando de nosotros, ¿no?

Para no atraer la atención de los pocos transeúntes en esa calle lateral, ella se conformó con poner los ojos en blanco con irritación.

—Ah, claro, Quinn. Ahora entiendo. Estabas hablando en general.

—Ése es lo que te estaba diciendo.

—¡No estabas hablando de mí, aferrándome emocionalmente a, bien, por ejemplo, a ti, después de una tarde romántica! Tú hablabas de cualquier mujer.

—Finalmente. Me alegro que entiendas.

—¿Y mencioné que nunca he tenido un tipo que tratara ese truco conmigo? El truco viejo de "estoy hablando por hablar solamente y esto no tiene nada que ver con nosotros". Eso es muy gracioso, Quinn. Y tan original.

Los hombres eran increíbles. ¿Por qué no podía haber

dejado esa tarde tranquila? ¿Haberla dejado por lo que había sido? Una explosión espontánea de emoción impulsiva.

Ella lo miró. Él tenía la cabeza baja y caminaba con una arruga fija en la frente, su mandíbula apretada obstinadamente. Eso estropeaba su idea pintoresca de caminar con él después de lo que había pasado entre ellos.

—Bien. Digamos que hablaba de ti y de mí.

—Que es la realidad. Pero sigue.

"Los americanos no se quieren casar", su padre le decía desde una memoria distante.

¿Y quien dice que yo me quiera casar, Papi? ¿Para qué? Estoy casada con mi carrera.

—¿Qué es? —ella lo interrogó—. Eres el primer hombre con el que yo he estado. Eso ya lo sabes. No te lo dije, pero lo sabes.

—Sí. Yo lo sé. Y eso lo hace más serio aún.

—¿Por qué es eso, Quinn? ¿Porque estuviste tan ardiente en esa cama, que trastornaste mi mundo?

Había estado ardiente en esa cama, y *había* trastornado su mundo. Ella todavía se estremecía recordándolo. Pero él estaba loco si pensaba que renunciaría a su carrera—o más importante, su orgullo—ante él.

Su propio orgullo fue picado por su comentario.

—No, no pensé eso —él la corrigió, su voz una monotonía fría—. Mira, no estaba jugando con tu corazón. Tú me importas. Te miro y veo a una mujer. Una mujer de veras. Y...

—Y soy una persona, también, sabes. Y soy única.

Inesperadamente, él sonrió abiertamente.

—Sí, que lo eres. Nenita, no quiero pelear contigo.

Ella decidió que no iba a permitirle que le endulzara su actitud.

—Lo que quiero decir es... No soy hecha en serie. ¿Entiendes eso? La otra mujer que te quiso como su marido porque tú y ella, lo que pasó esta tarde, allá ella. Yo no estoy buscando un compromiso.

Qué irónico. No hacía mucho tiempo que todos, incluso Quinn, había demandado su compromiso. Evidentemente, ella no podía pedir lo mismo.

Está bien, porque tú no quieres compromiso, ¿te acuerdas?

Ella no sabía lo que quería. Al llegar a un banco en un parque de la ciudad, ella se sentó en él. Quinn se sentó a su lado, deslizando su brazo a lo largo del respaldo detrás de ella. Petulantemente, ella se fue al otro extremo del banco, lejos de él.

Él ignoró su acción.

—Si yo hubiera sabido que ibas a reaccionar de este modo, no lo habría planteado.

—¿Reaccionar cómo? Tengo veintitrés años. Amo mi libertad demasiado para un compromiso. Como tú amas tu libretita negra.

—¿De qué estás hablando? ¿Qué libretita negra?

—Ésa con los números de teléfono de todas tus novias —ella repitió las palabras de su padre.

—Ah, esa libretita negra —él resopló—. Creo que se me perdió, en alguna parte entre la tienda de Fernando y el almacén en Brooklyn donde ensayamos. Mercedes, la libretita negra es un mito. Para mí, por lo menos. Esto tiene más que ver con el grupo que con la fantasía masculina de una guía de novias.

El grupo, de nuevo. Ella miró el parque detrás de ellos, a los niños colgados al revés en las barras, a la señora mayor disfrutando de un cono de helado de vainilla en otro banco. Un par de ejecutivos de la ciudad haciendo su trote de la tarde.

—¡Pero qué tonta que soy! ¿Cómo pude olvidarme? —ella dijo, enfrentándolo de nuevo—. Aunque yo esperara algo de lo que pasó hoy—que no lo hago—no debería, porque nosotros todavía tenemos que trabajar juntos.

—Correcto. —Satisfecho, él sacudió la cabeza.

—Podríamos ponernos serios, pelearnos, separarnos, y eso descalabraría todo lo demás —ella recitó, mecánicamente.

—¿Ves? Te estás poniendo toda enojada, y eso era todo

lo que yo estaba intentando decir. Ahora... ¿quieres ir a comer un helado?

—Digamos, solamente por decir —ella se enfrentó a él, desafiándolo—, que un hombre y una mujer están juntos en un grupo. No estoy hablando de ti y de mí, tú entiendes.

Él gimió, sabiendo exactamente adónde se dirigía ella.

—Y ellos deciden que hay algo bastante importante entre ellos. ¿Por qué no deben estar juntos, si es eso lo que quieren?

—Ya hemos hablado de eso, Mercedes.

—Dices que no quieres nada serio. Pero te pones celoso si estoy sola con tu pianista en su automóvil.

A punto de negarlo, él cambió de parecer.

—Ya te dije. Yo siento algo hacia tí. No estoy diciendo no hay nada entre nosotros —él masculló.

—Yo tampoco. Pero tú quieres nadar y guardar la ropa, Quinn.

Él la miró con los ojos entornados:

—¿Explica?

—Quiero decir que tú no puedes decirme que sientes algo por mí y al mismo tiempo insistir que una relación entre nosotros dañaría al grupo. Ésa es una excusa estúpida.

—Ah, ahora es estúpida. Muchas gracias.

—Ésa fue la palabra que tú mismo usaste. Cuando estabas tan serio, en la cocina.

Toda esa discusión por permitir que sus emociones rigieran sus acciones. *Ya, suficiente.*

Él se golpeó los muslos con finalidad, diciéndole:

—Bien, pongámonos de acuerdo, entonces. De aquí en adelante, yo soy el jefe, tú eres mi cantante de respaldo. Ésa es nuestra relación en el futuro.

—Bien. No tendrás ningún problema conmigo. Y no más de... lo que pasó esta tarde.

—Hicimos el amor, Mercedes. Llámalo por su nombre. Yo te hice el amor.

Y pensé que te encantó. Él se tragó las palabras.

—Es mejor que me vaya a casa ahora, de todos modos —él anunció, parándose—. Mi guitarra está en tu apartamento. En cuanto la recoja, la pondré en el automóvil y me iré.

Mercedes caminó a su lado, manteniendo una buena distancia entre ellos.

Habían regresado al lugar donde habían empezado. ¿Qué había sucedido después de que salieron de la librería? Deberían haber continuado su paseo, el brazo de él sobre el hombro de ella, como protegiéndola, y el brazo de ella alrededor de la cintura de él. Deberían haber cenado juntos, y haber vuelto a su apartamento para hacer el amor otra vez.

En lugar de esa intimidad había un abismo helado entre ellos. Él le había descubierto una parte de ella que previamente no conocía. Ahora él se estaba apartando de ella.

Ella no sabía si sentirse enfadada o defraudada. Y el hecho que lo empezó a extrañar en el momento en que su automóvil se alejó del bordillo no ayudó su confusión.

A pedido de su padre y por su sentido del deber fue Quinn, el miércoles siguiente, a la propiedad de su familia. Sheldon Thacker, el reemplazo de Fernando como criado de Nathaniel Scarborough, lo saludó a la puerta.

Hacía mucho que él no había estado allí; alrededor de un año. El lugar era el mismo, con la excepción de un nuevo Monet que su madre había colgado en el vestíbulo de entrada. Ese lugar todavía parecía un museo, tan impecable y extravagante, que uno tenía miedo de sentarse en los muebles, mantenidos tiesamente limpios por una armada de empleados domésticos.

Sheldon lo llevó a la biblioteca, y le informó que su padre se le reuniría pronto. A continuación, el criado ceremoniosamente cerró las puertas de caoba dobles detrás de él.

Quinn se tiró en uno de los duros sillones del siglo dieciséis. Él debería haber sabido que su padre se le reuniría en esa habitación. De las veintiocho que había en la mansión, la biblioteca había sido siempre su favorita. Era el santuario del señor Scarborough, fuera de límites incluso para los más prestigiosos invitados. De vez en cuando, de niño, Quinn se había metido furtivamente en él. Una vez, lo había cogido uno de los sirvientes, quien lo había regañado y dicho que no volviera a entrar en él de nuevo.

Nunca había entendido porqué era tan importante. Ahora, de adulto, comprendía la necesidad de su padre de encontrar soledad, un asilo lejos del resto del mundo. Y comparado con la sala de estar, la biblioteca era casi acogedora.

Distraído, su mirada recorrió los estantes de libros, llegando al techo abovedado a veinte pies del piso. Se usaba una escalera corrediza para alcanzar los libros en la cima. La sala de estar estaba en el mismo piso, al extremo del corredor. Quinn se estremeció, pensando en ella. Ahí era donde se hacían tratos y se firmaban contratos. Donde se entretenían clientes adinerados y donde los parientes se reunían a tomar café y té después de la cena.

Otras cosas menos agradables ocurrían allí, también. Era en ese cuarto que a ejecutivos de la firma, que no se habían adaptado a las normas increíblemente altas de Nathaniel, se les habían servido una copa de coñac caro y se les había dicho que sus servicios ya no eran requeridos.

El reloj de caja, de pie en la esquina, dio la hora, y Quinn se frotó la barbilla. Él recordó a un hombre, un banquero inversionista. Como el resto de los empleados de su papá, había hecho todo lo necesario, desde adular al presidente a pisotear a los demás en su ascenso a la cruel escalera corporativa. Pero aun así la marcha de los sucesos se volvió contra él; las acciones de la compañía habían bajado muchísimo, y lo habían culpado a él.

Quinn tenía quince años en aquel momento. Había oído a su padre al final del corredor, gritándole obscenidades al subalterno, llamándolo cada nombre insultante que existiera, humillando al hombre. Y él había oído los sollozos, los ruegos y suplicaciones pidiendo otra oportunidad. Quinn no pudo soportarlo más y corrió a su propio cuarto.

Al poco tiempo él había oído por casualidad a los sirvientes cuchicheando que el hombre había saltado de un

edificio alto en Manhattan. Había dejado una esposa y
dos hijas, todavía en la escuela primaria. Después Quinn
no había podido dormir durante varias noches.

Oyendo que las puertas dobles se abrían de nuevo, él
se sentó erguido. Los años de la disciplina casi militar de
su padre lo forzaron a adherir su espalda contra el respaldo de la silla.

¿Por qué infiernos debería ser eso? Él era un hombre
crecido ahora, no un hijo que a menudo había sido tratado como si fuera un empleado. Y no uno de los mejores.

—¡Hola, hijo! Qué bueno que viniste.

Quinn se paró para aceptar el saludo de su padre, un
apretón de manos. El viejo refrán, "Manos frías, corazón
cálido" no podía aplicarse a su papá.

—Sí, bien, usted se ve bien —él dijo, inmediatamente
incómodo.

—¡Tú también! ¿Cuánto tiempo hace, Quinn?

—No sé, padre.

Nathaniel Scarborough se apoyó en los talones, inspec-
cionándolo. Quinn llevaba un traje; un traje, para visitar a
su propio padre— gris, formal. Autoconscientemente, él
arregló su corbata.

—Demasiado tiempo, yo creo. Eres un hombre. —Nathaniel parecía vagamente triste—. Siéntate, relájate. ¿Qué
tal si bebes un coñac con tu padre?

—Mmmm... Prefiero una cerveza, si usted la tiene.

Quinn sonrió irónicamente detrás de la espalda de su
padre. Por supuesto, que él no tendría cerveza en el bar
de la biblioteca. La cerveza, de acuerdo a Nathaniel, era
para basura.

—Todo lo que tengo es Coors y Sam Adams. Ahh, sea-
mos atrevidos, ¿no te parece?

Sorprendió a su hijo lanzando una lata de Coors en su
dirección, cogida a duras penas. Quinn lo miró fijamente,
con la boca abierta. Nathaniel se rió disculpándose.

—Lo siento. Nunca jugaré para los Knicks, ¿eh? O ese
equipo pequeño que tú entrenas. ¿Cómo se llama? ¿El de
la escuela donde trabajas?

—Los Invasores.

—Sí, ése. Los Invasores. Sabía que empezaba con una "I".

Fernando era la única persona que podría haberle dicho sobre el equipo del baloncesto, una de las actividades extra-curriculares en la escuela para muchachos de Hudson Valley. Su padre y Fernando se habían mantenido en contacto a través de los años. No era extraño que el antiguo criado no lo hubiera mencionado, sabiendo que Quinn evitaba cualquier discusión con respecto a su padre.

—¿Se nos unirá madre? —Quinn preguntó.

—Desgraciadamente, ella está fuera del país durante unas semanas.

—¿Sí?

—Sí. Tú sabes lo aficionada que es ella de Río. Naturalmente, ella quería que fuera con ella, pero no pude escaparme.

¿Qué era eso? ¿Su padre de veras estaba encogiéndose bajo la mirada escéptica de su hijo?

Algo estaba sucediendo. Nathaniel era listo, muy listo. No había conseguido llegar a donde él había llegado, mostrándoles sus cartas a todos. Esta vez, había una nota falsa en su actuación. Una vulnerabilidad que Quinn nunca había visto antes.

En todos sus años de matrimonio, Andrea Carruthers Scarborough nunca había ido a ninguna parte sin su marido. Algo sucedía, y estaba poniendo a su padre en una posición fascinantemente susceptible.

—¿Cómo está la cerveza? —Nathaniel preguntó.

—Bien. ¿Y la suya?

—¡Extraordinaria! —Para más énfasis, se tomó un buen trago. Tuvo que fruncir los labios para evitar hacer una cara de asco.

—Es un gusto adquirido —su hijo pronunció lentamente con alegría diabólica.

—Eso es verdad.

—¿Cuándo voy a oír "vamos al grano", padre?

Nathaniel se rió.

—Ah, vamos, hijo. Esto no es negocios. Tú y yo estamos teniendo una visita. No lo hacemos muy a menudo.

Quinn lo miró tomar asiento en otra silla, en lugar de detrás de su escritorio, como de costumbre. ¡Qué cambio! Él de traje, su padre en caquis, una camisa polo y zapatos deportivos. Era gracioso cómo imitaba las acciones de su hijo, cruzando las piernas, conscientemente o subconscientemente— ¿quizás intentando ser "cool"?

La frialdad le resultaba más fácil a su padre que esta similitud con su hijo. Pero no esta vez.

—Sabes que Victoria se casó este año —le informó Nathaniel—. No sé si lo habías oído.

—Ah. No. Qué bueno.

—Sí, sí. Se casó con Pierce Harlington III. Lo recuerdas, ¿no?

—Por supuesto. —Hizo una pausa para efecto dramático, bebiendo su cerveza. Pierce Harlington III. Tan aburrido como su padre, Pierce Harlington II, otro magnate y compañero de golf de Nathaniel—. Esos dos deben hacer una pareja perfecta.

—Eso es lo que dicen todos.

—Ah. ¿No debemos creerles?

—¡Bien... este, sí, por supuesto!

Nathaniel estaba incómodo. Él estaba incómodo. ¿No era estupendo? Quinn ensanchó la sonrisa. Y se preparó para oír la perorata sobre cómo esa debutante presumida y malcriada, Victoria, debería haber sido la esposa de Quinn. De una vez por todas él le iba decir lo que pensaba. Nada se lo iba a impedir.

Pero, no en esa oportunidad.

—Sabes, Quinn, me retiro este año. Estoy esperando hasta fines del próximo mes y me voy a convertir en un señor holgazán.

—Ah, ¿sí? ¿Usted tiene suficiente dinero?

Esa vez, la risa de Nathaniel fue genuina.

—Pienso que tu madre y yo podremos tener lo suficiente para pagar las cuentas.

—Sí. Eso es eso lo que las personas "humildes" dicen.

"Ganar lo suficiente para pagar las cuentas". —Se había sobrepasado, le indicaba la expresión de sorpresa herida en la cara de su padre—. De todos modos. Entonces usted tendrá tiempo suficiente para ir a Río.

—Así lo espero. Quizás, eh... ¿te interesaría ir a Río, también? Solamente tú y yo. Estarías dispuesto a... ¿acomodar algo así en tu calendario?

Quinn casi se ahogó con la cerveza.

Finalmente Nathaniel había recibido el mensaje. Había tardado mucho tiempo, pero lo había recibido. Las amenazas y la prepotencia no habían conseguido nada con su hijo voluntarioso e independiente. Así que vamos a tratar de suavizar el trato.

—Ni te lo imagines —él mantuvo su posición obstinadamente—. No te voy a reemplazar como presidente de la compañía. Tengo mi propia vida.

—Ah, ya, ya lo sé. Hemos hablado de esto varias veces. Sé que no te interesa, que nunca te ha interesado. —Por un segundo, su voz se llenó de amargura. Aclarando su garganta él siguió adelante—: Si tú reconsideraras, eso sería una gran cosa. Me aseguraría de que tú... Pero no vas a hacerlo.

Por primera vez, abandonaron el asunto. Su padre estaba sentado sumiso, respetando sus deseos y bebiendo pequeños tragos de su Coors. Ahora Quinn sabía con certeza que algo estaba muy mal.

—Supongo que la junta de directores te dará una gran despedida. ¿No?

Nathaniel se animó.

—¡Ah, ahora tendré que admitirlo! Tenía motivos ulteriores para verte hoy. Permíteme que explique. Al principio la junta había planeado algo para mi despedida. Pero les pedí que ellos no hicieran ese gasto. En cambio, quiero dar una fiesta de gran gala para los empleados de nuestra oficina de Nueva York, un adiós y buena suerte al mismo tiempo. Esto saldrá de mi bolsillo.

—Y le gustaría que yo asistiera.

—En cierto modo, sí. Lo que realmente tengo en

mente es que necesito un grupo para la gala y tenía la esperanza que el tuyo estuviera disponible.

Quinn estalló en risas.

—¿Usted quiere contratar mi banda para su gala?

—Pensamos en ti inmediatamente, cuando tu madre y yo empezamos a hacer planes. —Sentado hacia adelante, Nathaniel extendió una rama de olivo por medio de una sonrisa—. Ustedes tocan rocanrol, ¿no? Contrataré un pinchadiscos para relevarlos, y le pedí que tocara una mezcla—música de club, creo que se llama, un poco de música latina, también. Lo que sea que se esté escuchando hoy en día.

—¿Y usted piensa que a esos ejecutivos tiesos les gustaría oír Straight-Up Tequila?

—Ah, la lista de invitados consiste principalmente en gerentes de medio. Ayudantes. Secretarias. Gentes de la sección de correo. Nunca te he visto tocar y me gustaría muchísimo oírte.

No le estaba dando mucho tiempo para ordenar sus pensamientos. Quinn bebió el resto de su cerveza, mirándolo con sospecha.

—No pensaba que te interesara oírnos.

Su tono era un poco belicoso, dándole la luz verde a Nathaniel para una batalla abierta. Pero su padre permaneció tranquilo.

—Entiendo cómo puedes haber pensado eso. Pero si no lo hicieras por mí, ¿lo harías por los empleados? Son gente buena. Trabajan y reciben su sueldo. Y me gustaría de verdad expresar mi apreciación por todos lo que ellos han hecho, este año sobre todo. Les daré un aumento general además de la fiesta.

—Ya basta. Aumentos generales, mi madre en Río sola, este borbotón súbito de generosidad cuando se trata de su propia despedida. ¿Qué infiernos está sucediendo aquí?

A pesar de lo que lo fastidiaba, estaba mirando su propia reflexión, sentada en el sillón opuesto —con el pasaje del tiempo, las sienes encanecidas y unas libras más. Pero hoy faltaba la severidad de los rasgos faciales, la tremenda falta de humor y cariño que su memoria, infaliblemente, asociaba con su padre.

—Nada, hijo. No creas lo que se dice. Un leopardo puede cambiar sus manchas a veces. —Perdiendo el interés en la cerveza, Nathaniel la puso en el secante del escritorio—. Estoy extendiendo la invitación a tus amigos, no sólo a tu banda.

—Mis amigos más íntimos están en el grupo. Además de Fernando e Isabel.

—Ah, ¿no te lo dijeron? ¡Ellos van a estar allí, también!

Quinn abrió la boca.

—Ellos...ah, no, yo no sabía nada.

—Será maravilloso, verlos de nuevo. Podría traer a cualquier chica que estés viendo en este momento. A tu madre y a mí nos encantaría conocerla.

Ahora, ¿para qué tenía que abarcar ese tema? Había sido suficientemente difícil durante los ensayos estar en el mismo cuarto con Mercedes. Viendo como se iba con Onix y manteniendo la boca cerrada al respecto.

—Si asumimos que el grupo quiera tocar esa noche.

Un pedacito del viejo manipulador y negociante Nathaniel Scarborough saltó con:

—Diles que les pagaré triple. No importa cuál sea lo que ellos normalmente reciben, yo les pagaré tres veces más. ¡Ah, infiernos—hagamos esto fácil! Les pago cinco mil a cada uno por su actuación.

Él podía ver los signos de dólar que aparecerían en la mirada de los muchachos—si se pensaba que él entregara ese mensaje, lo cual no tenía que hacer en realidad.

¿Cómo podía siquiera pensar eso? Mercedes no había encontrado empleo firme todavía. Ella estaba ganando el sueldo mínimo en esa librería. Y él no creía que Hollywood la hubiera llamado últimamente. Pero todavía...

—Bien, bien. So lo plantearé a ver lo que ellos dicen sobre eso. Usted me da todos los datos: la fecha, donde será, etc.

—Por casualidad tengo aquí la invitación que enviamos

a la sucursal de Nueva York. —Eficientemente, sacó un manojo de tarjetas en relieve de debajo del pisapapeles en el escritorio y se las dio—. La fecha, la hora. Tendrá lugar aquí, en casa. Todo lo que necesitas saber. ¿Me darás tu respuesta pronto?

—Sí, te lo haré saber pronto. —Quinn se puso de pie, metiendo las invitaciones en el bolsillo interior de la chaqueta de su traje.

Nathaniel también se paró:

—¿Tienes prisa? ¿Podrías quedarte a cenar conmigo?

—Me encantaría, pero tengo que volver a la tienda.

Las acciones de Fernando no lo deberían sorprender. Hacía años que él intentaba establecer la paz entre padre e hijo.

Él no necesitaba esto ahora, ni en lo más mínimo. Él tenía las manos llenas con sus sentimientos hacia Mercedes que rehusaban desaparecer. Ahora su padre intentaba ser Tipo Bueno Scarborough y ser amable con él.

Como si el dolor de su niñez y los años de adolescente pudieran borrarse así nomás.

Nathaniel trotó detrás de él.

—Bien, bien, quizás podamos cenar juntos la próxima vez.

—Ah, sí, y yo traeré el postre. ¿Qué te parece? —Él no se molestó en esconder su sarcasmo.

—Y recuerda, tus amigos están invitados. ¿No... no puedes traer a tus amigos?

Allí estaba de nuevo. Esa mirada acongojada y esa emoción que resquebrajaba su voz.

Él estaba de pie con su padre en la puerta ancha de la biblioteca. Los ojos de Nathaniel, Quinn se dio cuenta, cayeron en la cicatriz en su cara. Pareció que iba a decir algo, pero Quinn lo detuvo con una mirada dura como acero.

—Le doy mi palabra que hablaré con ellos.

—Bueno. Gracias, hijo. Mi criado te acompañará a la puerta.

—Eso no es necesario, padre. Recuerdo dónde está la salida.

Ese hombre era increíble.

Con alivio, él dirigió su automóvil alrededor de la fuente enfrente de la propiedad, hacia la verja abierta.

Entonces ahora, después de años de ser más un sargento empedernido que un padre para él, Nathaniel Scarborough estaba arrepentido. Por su propia admisión, era un leopardo cambiando las manchas. Con seguridad el hombre tenía una mala memoria. Nunca siquiera había llevado a su único hijo a hacer cámping, dejando esos triviales detalles paternales para que los hiciera su criado. ¡Ahora era: *Tú y yo, de gran candombe en Río! ¿Qué te parece, niño?*

Habría un día frío en el infierno antes de que él abordara un avión con su padre hacia cualquier parte en el planeta.

Y Fernando estaba enterado de esto. El amor que Quinn habría invertido en su propio padre se lo había dado a Fernando, sin reservas. Aunque no estuviera siendo razonable, se sentía traicionado por Fernando.

Quizá todavía tendría una oportunidad de pagarle a su padre por las constantes desilusiones. Los otros miembros de Straight-Up Tequila no lo traicionarían fácilmente. Especialmente Ryan conocía algo de la corriente constante de mala sangre entre él y su padre.

Quinn se relajó detrás del volante, sonriendo con ironía a la reflexión de la propiedad de su familia en el espejo retrovisor.

Straight-Up Tequila era su bebé. Su padre podría ofrecerles diez veces el pago que los clubes les daban. Ryan, Steve, Onix, y también Mercedes, harían lo que él les pidiera.

Ellos no podrían comprarse tan facilmente. Rehusarían la oferta de Nathaniel Scarborough de inmediato.

CAPÍTULO DIEZ

Ryan McCoy fue el primero en hablar después de oír la proposición de Nathaniel Scarborough.

—¿Cinco mil dólares, cada uno? —él aclaró, subiendo el volumen de su voz—. ¿El hombre está dispuesto a pagarnos cinco mil dólares cada uno? ¿Por una noche? ¿Y realmente tenemos que pensar sobre esto?

Mercedes estaba fascinada, mirando la invitación formal que había recibido. Estaba sentada en su taburete favorito, mirando a Quinn y a Ryan. A su lado, Steve Kauffman irrumpió en una risa estruendosa.

—Bien, vamos a discutir esto —sugirió Onix—. El asunto es cinco mil dólares por el trabajo de una noche. Sí, creo que eso lo dice todo. Todos a favor, levanten las manos.

Ella levantó la mano con los del resto del grupo.

—¿Eso es todo? ¿Eso es todo lo que importa? ¿Que cobren cinco mil dólares en efectivo? —Quinn estaba incrédulo.

—Ah, ¿estamos hablando de dinero en efectivo? —Los ojos de Onix se agrandaron—. Libre de impuestos. ¿Cuál es el problema?

—Necesito una caja de cambios nueva en la camioneta, Quinn, —le dijo Ryan—. Eso, y quiero salir de la deuda de unas tarjetas de crédito.

—Yo sólo quiero gastarlo —Onix cantó—. No es un suceso ordinario que yo puedo gastar tanto dinerito.

—Y Mercedes todavía, técnicamente, no tiene empleo —dijo Steve—. El resto de nosotros no estamos respaldados con un fondo fiduciario, que digamos. ¿Entiendes lo que quiero decir, Quinn?

Ella le frunció ceño a Steve Kauffman. Ella lo conocía lo suficientemente bien, ahora, para notar la irritación escondida en su voz.

Y él estaba irritado con Quinn. Ella decidió mantenerse al márgen de la discusión, ya que era la recién venida al grupo, y permitir que los hombres discutieran la proposición.

Si Steve estaba irritado, Quinn estaba al borde de la furia. Ella podía darse cuenta de que él estaba manteniendo su carácter bajo una rienda firme.

—Oigan, yo sé que todos podríamos usar ese dinero —dijo él—. Pero estamos hablando de mi padre, muchachos. El hombre nunca ha hecho nada por sus empleados antes. Infiernos, ellos nunca lo veían. Él trata a sus ejecutivos de la manera que un rey trata su corte, y estas personas—para las cuales nosotros tocaríamos— nunca han sido lo suficientemente importantes para estar en su presencia durante la fiesta anual de Navidad de la empresa.

Onix se encogió de hombros.

—Parece que está intentando corregir sus errores ahora. Demasiado poco, demasiado tarde, sí. Pero por lo menos es algo.

—Esto no tiene nada que ver con los empleados, ¿no? —Ryan acusó—. Si otro director de empresa quisiera contratarnos, ¿de veras te detendrías a preguntar cómo él trataba a sus empleados? No, esto tiene que ver con tu padre. Entonces, está bien, al infierno con él. No lo haremos.

Todo estaba ocurriendo tan rápidamente. Casi demasiado rápidamente para que ella lo comprendiera. Antes de que pudiera olvidarse, ella metió la invitación en su bolso.

¿A qué fondo fiduciario se refería Steve? ¿Y por qué lo había mantenido Quinn en secreto? ¿Pensaba él que ella era una buscadora de fortunas? Su propio enojo empezó a manifestarse.

—¡Espera un minuto! —Onix saltó del sofá—. En un minuto estamos nadando en dinero. ¿Y ahora estamos diciendo que no? Es tu padre, hombre. ¿Cómo puedes rechazarlo?

—Muy fácilmente, te lo aseguro —Quinn rechinó sus dientes—. Pero yo no quiero que sea mi decisión. Si ustedes quieren hacerlo, está bien. Pero no quiero considerar solamente el dinero. No quiero prostituir nuestro talento de ese modo.

—Bien —Steve estaba un poco desesperado por no ver que la proposición se disolviera en el aire—, siempre estamos vendiendo nuestro talento de puerta en puerta, ¿no? ¿No es eso lo que hacen los profesionales? Y no somos exactamente famosos. La mayoría del tiempo, nosotros cobramos como prostitutas de rocanrol.

—Sí, y tu papá quiere elevarnos a prostitutas respetables y bien pagadas. —Onix plegó las manos, como en oración—. Por favor.

—Esto no es cómico, Onix —lo riñó Quinn casualmente—. Ryan, ¿adónde vas?

—Ya acabé por esta noche. —Mercedes pestañeó al golpe fuerte que el segundo jefe del grupo le dio al estuche de su guitarra al cerrarlo—. Me voy a casa. A mi esposa y mis tarjetas de crédito. Es decir, si mi camioneta no se me muere en camino.

Ella levantó la cabeza y comprendió que no era la única que miraba a su líder intrépido. Pero en ese momento no parecía tan intrépido; parecía más avergonzado y herido, bajo las miradas acusadoras del grupo.

—Bien, me haré de lado —le dijo a Ryan—. Regresaré y le diré que lo haremos. Es la respuesta profesional, sin duda, y estamos...este, estamos bastante de acuerdo en que podemos todos usar ese dinero. Fin de discusión.

—No, Quinn. La discusión no ha acabado. —Ryan se acercó más a él, el asa de su estuche en la mano.

Era duro para Mercedes creer que éste era Ryan; Ryan el osito grande de felpa, tenía la cara enrojecida de enojo.

—Esto no es digno de ti, Quinn. Tú siempre has puesto al grupo primero, antes que tú. Me has defraudado en ti. Tú realmente no necesitas el dinero. Pero sabes que el resto de nosotros sí lo necesita. Quieres que lo rechacemos, sólo por despecho.

—Bien, nosotros somos un grupo. Tocamos donde nos piden que toquemos. Eso es lo que hacemos. Y no deberías ver esto como deslealtad. Ahora, Quinn, la discusión ha terminado.

Al salir dio un portazo. Sin una palabra, Steve lo siguió. Onix suspiró, volviéndose a Mercedes.

—Me gustaría hablar con ella, a solas —Quinn le hizo saber—. Y luego la llevo a su casa. Si te parece bien.

Onix le murmuró algo a ella sobre averiguar qué decisión había tomado o no tomado el grupo, y se fue dejándolos solos.

Sola con Quinn, otra vez. Tenía un efecto enervante sobre ella. Mientras los otros estuvieran alrededor, ella estaba bien. Éso no era decir que no lo deseara, o que no lo mirara largamente cuando él no se diera cuenta. Pero la presencia de los otros la distraía, obligándola a concentrarse en los ensayos.

Los otros podrían haberse ido medio enojados con Quinn, pero Mercedes se juró que ella podía manejar la situación. Ella usó lo que había aprendido acerca del idioma del cuerpo, cruzando las piernas y plegando los brazos sobre el pecho. Si ese hombre esperaba que ella se derritiera ante él y su fondo fiduciario, se equivocaba.

Él acercó una silla de metal a su taburete y se sentó montándola a caballo. Eso hizo que la tela de sus pantalones vaqueros se estirara sobre sus piernas musculares. Se veía bien esa noche; él siempre se veía bien, según ella. Incluso su conducta de niño pequeño que ha sido cogido en una travesura era atractiva.

—Mis padres prepararon un fondo fiduciario que se me hizo accesible cuando cumplí veintiún años. Me olvido exactamente que cuánto hay allí. No sé, quince, quizá dieciséis millones. Más o menos.

Ella no había esperado que él fuera derecho al grano.

Quinn se pasó la lengua por los labios. —Lo uso solamente para pagar mi alquiler. Principalmente, yo vivo de lo que gano como consejero y los shows del grupo. Aunque ahora que no estoy trabajando, lo he estado usando mucho más.

—Bien. Eso no me incumbe a mí. No tienes ninguna obligación de decírmelo.

Ella estaba siendo brusca con él, y él lo ignoró con un suspiro.

—No te lo dije antes por varias razones, supongo. Primero "hola, soy un multimillonario" no entra fácilmente en cualquier conversación. A mí me parecería estar presumiendo, a decirte la verdad. Y la otra razón es que...

—Tú pensaste que estaría interesada en ti por tu dinero ya que soy una actriz sin empleo. Eso está realmente bien, saber que crees que soy una aventurera cazando dotes. No te molestes en llevarme a casa.

El taburete raquítico se meció para atrás cuando ella se bajó de él. Él la detuvo con una mano firme en su brazo. Tan pronto como la agarró, la soltó.

—Espera un momento, ¿sí? —La voz de Quinn era baja, bastante humilde—. No les cuento eso a muchas personas.

—Ah, ¿no? Bien, los muchachos lo sabían. Hay uno, dos, tres de ellos.

—Ryan es el único que sabe la historia entera. Steve y Onix saben acerca del dinero, pero ellos no saben el enredo de mi relación con mi padre. Ésa es la mitad que tú conoces.

Sin mucho entusiasmo, ella se subió al taburete de nuevo. Interiormente, ella deseaba que no hubiera sabido nada de sus millones en el banco. Pero, a decir la verdad, había sospechado algo. Al ver su apartamento de ladrillos pardos, su manera de vivir, su libertad financiera a pesar de su falta de trabajo, ella sabía que había una explicación.

Muchacha de clase obrera, tipo rico. La combinación era un encanto en comedias románticas y cuentos de hadas, pero la vida real era diferente. Su dinero era más obstáculo que otra cosa.

—La mayoría de la gente gusta de ti. ¿Verdad, Mercedes? —le preguntó con una sonrisa.

—Supongo que le gusto a algunas personas. Pero siempre habrá personas a las cuales no les gusto.

—Sí, pero apuesto que la mayoría piensa que eres una muñeca. Eres vivaz y un poco traviesa y eres bella. Si no les gustas es porque no tienen ningún gusto.

Él casi desmoronó su resistencia con esa admisión. Ella se endureció.

—No veo lo que eso tiene que ver con...

—Les gustas por ti misma. Por lo que tienes que ofrecer como persona. Tú sonríes y todas las luces del cuarto se prenden. Todas tus fortalezas y rasgos—éso es lo que ellos ven, cuando te miran.

Ella sabía adónde se dirigía él. Su sangre empezó a hervir.

—Me gustaste por ti mismo. Y no empujes, porque a veces tú eres muy difícil de aguantar.

Su risa era al mismo tiempo modesta y cordial, entibiándola a pesar de su voto de permanecer fría hacia él.

—¡Ah! ¡Aquí hay una que no había oído antes! Sí, sé que a veces me busco problemas. Pero a mí me aceptan en base a mi dinero, exclusivamente. A mí me tratan bien debido a mi dinero y la posición de mi padre—Por ambos: la gente de trabajo y el rico presumido que piensa que soy parte de su club. —Su sonrisa desapareció—. Todo lo que he querido hacer en la vida eran las cosas que eran importantes para mí. La música, tratar de ayudar a otros niños descarriados. Y quise salir de detrás de la sombra de mi padre. Yo preferiría ser mi propio hombre.

Para permanecer enfadada con él habría tenido que esforzarse demasiado. Y estar sola con él a esa hora de la noche no la estaba ayudando mucho. Por acuerdo silencioso, las miradas largas entre ellos podrían ponerse peligrosas.

Ella intentó dirigir la conversación hacia un final:

—¿Eso es todo lo que me querías decir? ¿Acerca del fondo fiduciario?

—No, eso no era todo. Me comporté como un necio esta noche. ¿Crees que están muy enfadados todos conmigo?

Ella le hizo una guiñada:

—Se les pasará.

—Bien. Y tú, ¿estás disgustada conmigo?

—No sé. ¿Vamos a tocar en la fiesta de tu padre o no?

—Me pareció unánime el voto. Todos quieren hacerlo.

—Ella lo miró pasarse una mano a través del pelo que llevaba suelto esa noche—. Ésa era la otra cosa. Quería que tú entendieras. Durante casi toda mi vida, él me trató como si no existiera. Ahora, de repente, quiere entablar una amistad conmigo.

Ella entendió, pero aún fue dura con él:

—Eso todavía no tiene nada que ver con nosotros.

—Lo sé. Y lo siento. Ya que todos quieren hacerlo, pues, ¡lo haremos! —Parándose, él empezó a guardar la guitarra—. Quizá debamos irnos antes de que nos cierren con llave aquí.

—¿Podría pasar eso? —La idea la alarmó.

—Le sucedió a Ryan una noche. Él fue el último en salir, y el sereno cerró con llave, pensando que todos habíamos salido. —Para tranquilizarla, agregó—: No fue un problema. Ryan llamó al superintendente del edificio y el tipo vino al rescate. Fue la molestia más que el susto.

—Sí, ése sería Ryan—no yo. Yo tendría más miedo de lo que sale por la noche, cuando no hay nadie alrededor.

—No te preocupes de eso. Yo te protegería de las criaturas de la noche.

Le había hecho esa promesa en una voz exageradamente profunda, fastidiándola. Ella no podía jugar juegos con Quinn sin que la proximidad diera lugar a la excitación que siempre estaba presente, aun más ahora que estaban solos los dos.

Ella le preguntó:

—¿Tienes alguna idea de por qué tu padre quiere acercarse a ti? ¿Después de tantos años?

—Sí. Le pregunté a Fernando, después de que se me pasó el enfado. No puedo enfadarme con Fernando, después de todo lo que él e Isabel han hecho por mí.

—¿Por qué estarías enfadado en él?

—Porque —él sonrió, tímidamente—, él e Isabel estarán en esta fiesta maldita. A mi padre siempre le ha gustado él. Más que... la mayoría de las personas. Fernando dijo que su cambio de comportamiento tiene que ver con un amigo suyo, un socio íntimo de muchos años. Estuvo en los periódicos hace un par de meses, y yo debería haber hecho la conexión. Su hijo era una de las personas que murieron en ese accidente de aviación en Australia.

Mercedes recordaba el accidente. había dominado las noticias durante una semana. Un accidente espantoso, causado por el malfuncionamiento del avión, y no había habido un solo sobreviviente.

—¿Conocías al hijo? —preguntó ella.

—No mucho. Él tenía más o menos mi edad. Mi padre era muy amigo de su papá, y por lo que Fernando me dijo, mi padre ha visto a su amigo hundirse más y más profundamente en una depresión. El hombre está por completo.

Ella movió la cabeza afirmativamente.

—Porque él y su hijo tenían una relación tan íntima.

—Ah, sí, eso es lo que pensaría la mayoría de las personas. El hecho es que no tenía nada que ver con su hijo. Su relación con su hijo era exactamente como la de mi padre y yo. Y mi padre debe de haber visto todos los cabos sueltos entre nosotros y abrió los ojos finalmente. Pero es un poco tarde para eso, lo digo con pesar.

Pesar, no amargura, fue lo que dominaba su voz. Ella se sintió mal provista para decir nada más. ¿Qué podría decir ella? Su experiencia con su propio padre había sido amor y cuidado, como lo había sido con su madre.

¿Quién era ella para decir que habría perdonado más fácilmente? ¿Que habría saltado a la oportunidad para hacer algo por un padre que la había tratado con indiferencia?

Con el estuche de la guitarra en una mano y la otra en el brazo de ella, Quinn la guió a la puerta. Caminaron juntos hacia el ascensor, entrando en él en silencio. Quinn cerró la puerta de metal.

Ella no podía esperar a salir de ese edificio. No era que tuviera miedo de que él intentara algo. Si hubiera estado con otro hombre, se habría dado más prisa en salir de la situación.

Lo que la asustaba más era su frustración ante el hecho de que Quinn no se había aprovechado de que estuvieran solos. Él, en realidad, no quería tener nada que ver con ella. Él parecía haber olvidado la tarde en que habían hecho el amor mientras que ella la había vivido una y otra vez en su memoria.

Quizá tuviera a alguien más. Mirándolo de reojo lo vio apoyarse contra la pared del ascensor, con la mirada fija en los zapatos.

Él ya podía estar involucrado con otra mujer. Mayor y con más experiencia que ella. Mercedes sabía que más tarde o temprano él invitaría a su nueva novia a una de las actuaciones del grupo, presentádosela a Straight-Up Tequila. Eso la heriría, tener que estar de pie allí, sonriendo cortésmente mientras su corazón se quebraba en mil pedazos.

El ascensor se detuvo en el primer piso. Quinn abrió la puerta, rozando el brazo de ella con el suyo.

Entonces él hizo algo que despertó su curiosidad. Él cerró los ojos por un momento largo antes de abrirlos de nuevo, dándole a creer que el tocarla lo había conmovido. Con toda seguridad no quería decir lo suficiente.

Por conversar, ella comentó mientras caminaba hacia la salida:

—recibí una llamada de Ron esta semana.

—¿Ron? Ese nombre me resulta familiar...

—Ron Carraway, mi agente.

—Ah sí, él.

Sin intimidarse, ella continuó.

—Dejó un mensaje en mi máquina. Yo estaba en la librería y no lo recibí hasta tarde. Cuando lo llamé, su ayudante me dijo que estaría de viaje de negocios por unos días.

—¿Eso significa que él tiene otra audición para tí?

—Espero que sí. Ron no llama para charlar simplemente, tú sabes.

En otra actuación que el breve anuncio para la televisión, Quinn habría sido un actor lastimoso. Esa cara—Dios esa cara tan guapa de él—delataba toda emoción.

Cada vez que mencionaba el nombre de su agente, arrugaba la frente.

—¿Tu jefe de la librería no tiene problema con que te le escapes para ir a audiciones?

—Nosotros hablamos sobre eso durante la entrevista. Benny me dijo que si le doy un día o dos de advertencia, él no tendría problema. A él le gusta tener una actriz que trabaje para él. Qué diferencia, ¿eh?

Había caminado por el lado del andén de carga, iluminado por una sola bombilla al otro extremo de la enorme área. Quinn empujó la puerta con el hombro. No se movió una pulgada. Detrás de él, Mercedes se sintió inmediatamente angustiada.

—No es nada. A veces se pega —él explicó.

Rechinando los dientes, él tiró todo su peso contra la puerta. La acción resultó en el ruido ominoso de la cadena al otro lado de la puerta, pero nada más.

—Bueno. A veces se cierra con llave. Como ahora.

Mercedes respiró profundamente, intentando mantenerse calma. Echando una mirada alrededor, ella vio que la ventana de la oficina, donde los guardias de seguridad supervisaban entregas, estaba oscura. La vida continuaba más allá de la puerta lateral y la del andén de carga, se oía el tráfico moviéndose rápidamente a lo largo de la avenida.

—¿Se olvidan a veces, por casualidad, de cerrar con llave las otras puertas? —Ahí estaba. Parecía una pregunta casual e indiferente, la hecha por la actriz en ella.

—Descuídate, Mercedes. La mayoría de las oficinas deben estar cerradas con llave, pero hay un teléfono público para los empleados en el tercer piso. Vamos a llamar al administrador y él nos maldecirá por despertarlo, pero bajará y nos dejará salir.

—Ah, estoy sin cuidado. Estoy bien.

¿Y qué si el edificio estaba tan silencioso como un cementerio? ¿Y qué si los sonidos mecánicos de las fábricas pequeñas que operaban dentro del almacén, el sonido constante de música *hip-hop* de la radio del guardia de seguridad, y las voces de los empleados y camioneros estaban en silencio?

Ella oía sólo sus pisadas en los escalones al ascender al tercer piso. Sentía la mano de Quinn en su cintura, tranquilizante y protectora, y lo que sentía más que nada: un calor penetrante que emanaba de su contacto. Mercedes lo miró mientras caminaban hacia el teléfono público.

En un momento así, ¿cómo podía pensar ella de nuevo esos pensamientos? Maldito él. Él no sentía lo mismo al estar así cerca de ella, al estar solo con ella. Aquella tarde tan íntima había sido un momento de locura, hormonas masculinas en acción, y nada más.

Sus ojos miraron a su alrededor buscando criaturas esquivadizas y peludas. Cuando llegaron al teléfono Quinn tomó el receptor. Salió del aparato íntegro con cable de metal y todo.

—Ahí va la idea de avisar al mundo externo. —Ella suspiró.

Él devolvió de un golpe el teléfono al lugar original.

—No estarías demasiado feliz si acampáramos aquí en el desván durante la noche, ¿verdad, Mercedes? Abren temprano para las entregas. Alrededor de las seis.

No importa las criaturas peludas con colas largas. El desván tenía una cama. ¿Cuáles eran las intenciones de Quinn? ¿Pensaba que ella se le rendiría en brazos, con o sin compromiso, y le permitiría hacer lo que quisiera de nuevo con ella, sólo por placer?

Él podría apostar ese trasero sexy suyo que ella podría. Es decir, si ella le diera la ventaja en la situación, lo cual ella no le daría.

—Las ratas comunican la rabia —ella dijo bruscamente.

—¿Qué? ¿Qué tiene que ver eso con nada?

—¡Quiero decir, que no puedo dormir en un lugar que se convierte en el "Reino salvaje" por la noche! Tendría miedo de despertarme y hallar algo deslizándose por mí.

—Que bien, un pensamiento agradable. Recuérdame que te lleva a acampar algún día, nenita.

Ahí estaba de nuevo con eso de "nenita". La llamaba eso tan fácilmente, esas tres sílabas tan breves y deliciosas como el chocolate. Ella pensó pedirle que no se dirigiera a ella de esa manera, pero fue interrumpida por un sonido bajo, resonante que empezó cuando Quinn dio vuelta a la esquina.

—¿Hicimos sonar la alarma?

—Me parece que acabo de hacerlo. Hay un ojo electrónico allí en la esquina, ¿lo ves?

—Ah, fantástico. Así que no tendremos que quedarnos aquí. La policía oirá la alarma, y vendrán, abrirán la puerta, y nosotros estaremos en casa en un rato.

—No cuentes con ello. Esa alarma tonta se descompone de vez en cuando. La policía normalmente la ignora.

Eso significa que estamos atrapados aquí por toda la noche, ella pensó.

Normalmente, no era claustrofóbica. Aun cuando lo fuera, la claustrofobia era miedo a los lugares pequeños y estrechos, ¿no? Estaban en un almacén grande y viejo, con un piso inferior ancho y abierto—el molino de papel—y oficinas, fábricas y desvanes en las otras áreas.

Su corazón latió más rápidamente. El almacén también estaba cerrado con llave, cada salida. Estaban caminando sin rumbo, verificando cada puerta. Había algunas luces de vez en cuando que los ayudaban a ver por donde iban. Pero aún podrían atravesar el edificio entero y no conseguir salir. Las cámaras de vigilancia colgadas del techo que funcionaban durante el día, ahora estaban apagadas y aumentaban su inquietud.

Delante de ellos, algo gordo, marrón y de unas ocho pulgadas echó a correr por el piso.

mercedes gritó, al mismo tiempo que se tiraba en los brazos de Quinn. El estuche de la guitarra resbaló de su mano, golpeando ruidosamente contra el piso.

—Ya, ya. ¡Yo quiero salir de aquí—fuera, fuera, fuera! —Se apretó más firmemente contra él.

—Olvídate de acampar. Te voy a llevar a ver una película de horror. ¿Te gustan las películas de horror?

Ella volvió la cabeza, su cara a menos de una pulgada de la de él. Su brazo estaba apretado alrededor de su cintura, sus senos ligeramente levantados por su pecho. El humor y flirteo claros bailaron en sus ojos.

Él iba a robarle un beso. Antes de que pudiera hacerlo, ella se liberó de él.

—¡Ventanas! —ella casi escupió la palabra—. Tiene que haber una ventana aquí, en alguna parte.

—No hay ninguna ventana. Ah—espera. Hay en el lado oeste del edificio. En el cuarto piso. Y un escape de fuego.

—Perfecto. Vamos al cuarto piso.

—Permíteme entender ésta. Vamos a salir por la ventana y bajar por el escape de fuego, como si fuéramos Indiana Jones. Mercedes, ¿sería tan terrible pasar la noche en el desván?

Ella empezó a caminar delante de él. No fue una buena idea: ella sería la primera en encontrar algo salvaje y peludo. Ella redujo la velocidad para esperarlo a él.

—No me quedo a pasar la noche en el desván, Quinn. Hay miembros de la familia de roedores aquí. Parientes grandes. Y yo soy una mujer.

—Y hay una relación allí, en alguna parte, pero...

—Las mujeres y los roedores son enemigos naturales.

Él la siguió hacia los escalones. Entre las subidas de escaleras y las corridas de un extremo al otro del edificio, ellos estaban haciendo un tremendo ejercicio que él no esperaba.

—Con tal de le tengas miedo a las pelotas de pelo y no a mí. Tú confías en mí, ¿no?

—¡Hasta las cinco partes del mundo!

Ignorando el sarcasmo, Quinn sugirió:

—Vamos primero por el desván. Permíteme cerrar con llave mi guitarra. Sería duro hacer un escape atrevido con algo tan voluminoso en las manos.

Una vez en el cuarto piso, la misma cima del edificio, la maldita alarma era más ruidosa. Su chillido perforante rebotaba en las paredes, tan melódico como uñas rascando contra una pizarra. Mercedes se cubrió las orejas mientras medio corrían al lado del oeste del edificio, enfrentando el río.

Abrir la ventana fue muy difícil. Después de esforzarse durante varios minutos, Quinn finalmente la abrió. Las astillas de pintura vieja volaron del marco. Él salió hacia el escape de fuego, agachándose para ayudarla de la mano.

El aire fresco sopló en su cara, revoloteando su pelo por sus hombros. Cuatro pisos era aun más alto visto desde arriba. Ella asió el borde de acero, con miedo de mirar hacia abajo. El zumbido de la alarma en sus orejas no había menguado todavía.

—¿Estamos divirtiéndonos ya? —Quinn la guió hacia los pasos que llevaban al tercer piso—. Agárrate bien, Mercedes. Mira donde pisas.

Si alguien le hubiera dicho que se trancaría con llave en un almacén y que bajaría por un escape de fuego raquítico esa noche, se hubiera quedado en casa. Ésta era una aventura del estilo de Tamara; su hermana habría disfrutado.

¿Y por qué no podría ser ésta una aventura al estilo de Mercedes? ¿Una aventura que estaba viviendo y estaba compartiendo con Quinn Scarborough, quien tenía su corazón en la mano?

Qué afortunado para ella que él ignoraba ese hecho. O si no lo ignoraba, no daba ninguna indicación, no había ninguna hendija abierta para que ella se acercara al tema sin arriesgar su banda preciosa.

Al final de la plataforma, él se agarró de la baranda y caminó con cuidado hacia la escalera de mano. El escalón final todavía estaba lejos de tierra firme, donde ellos querían estar.

—Tienes que estar bromeando —ella pronunció con lentitud.

—¿Qué esperabas? ¿Que saliéramos volando de esta cosa?

—¡No esperaba tener que saltar para llegar a la calle!

—¡Ah, por... Mercedes! ¡No vas a saltar! Hay un contrapeso en el tejado. Funciona con tu peso para bajar la escalera de mano. Así. —Lanzando una mirada por encima del hombro, él dio un salto en el escalón—. Así. ¿Ves?

Ella le arrugó la nariz.

—¡Lo que veo es que saltas y saltas, y la escalera de mano no hace nada!

—Está herrumbrosa probablemente. ¿No viste lo viejo que es este edificio? Ha estado aquí desde mil novecientos ocho Probablemente no ha sido usada con frecuencia.

Lo inconcebible debe de haber cruzado su mente, porque le extendió la mano. Efectivamente ya que le dijo:

—Ven. Tu peso y el mío. Eso la traerá para abajo.

Ella vaciló. Un escape de incendios de casi cien años. ¿Y si el contrapeso, o lo que fuera que lo controlaba, no los aguantaba y la escalera de mano se venía para abajo completamente separada de la estructura principal?

—Merce, confía en mí, por favor. Ven aquí conmigo.

Él había encontrado paciencia de en alguna parte, animándola gentilmente. Ella se aferró a la baranda, pasándole primero una pierna por encima, y luego la otra. Había espacio en el escalón solamente para los dos pies de él y uno suyo, el otro solamente de puntas.

Quinn se sostuvo en el escalón de arriba, su otra mano tomándole la cintura firmemente. Aun con los dos en un escalón, la escalera de mano no se movió.

Él está inmutable, ella pensó, sintiendo cómo se apretaba la parte de atrás de su garganta. Él apretándola tanto y el latido de su corazón más rápido aún con excitación. Y él todavía sin notar nada.

Quizá esto lo fastidie un poco.

Ellos estaban tan cerca que ella no tuvo que ir muy lejos por un beso— un lanzallamas agresivo de beso. Ella se alejó una pulgada para notar su reacción. Sus ojos la miraron con sorpresa.

—¿Sentiste algo? —Mercedes exigió—. ¿Te hizo algo eso?

—No estoy seguro. Hazlo de nuevo. Es un momento infernal para este experimento, pero hazlo de nuevo.

Ella no se movió lo suficientemente rápido para él, al parecer, porque el próximo beso lo comenzó él. Ése era más beso que el otro, lleno de sentimiento y emoción desenfrenada.

Quinn no esperó a recobrar el aliento para preguntarle:

—¿Por qué me preguntas eso, Mercedes? ¿Si yo siento algo? Tú sabes cuánto tiempo he querido...

En ese instante, sus estómagos cayeron con el movimiento de la escalera de mano, que se había soltado del contrapeso. Se precipitó rápidamente a tierra, y más duro de lo anticipado, aterrizando con una golpe fuerte. La velocidad adquirida los echó fuera del escalón, aterrizando en brazos del uno y del otro sobre el hormigón.

Quinn se llevó la caída más dura. Aunque no estaba seguro, pensó que había oído un crujido antes de un dolor ardiente a través de sus costillas. Él suprimió un gemido de dolor.

—¿Estás bien? —Angustiada, ella se volvió hacia él.

Estaba a punto de contestar cuando oyeron pasos que se dirigían a ellos.

—Una noche encantadora, ¿sí, señores?

Al mismo tiempo ellos alzaron la vista hacia sus visitantes inesperados.

Quizá porque estaban en el suelo en posición comprometedora, pero esos dos policías parecían enormemente grandes e imponentes.

—Dijiste que por lo general ellos ignoran la alarma —Mercedes le susurró a Quinn.

Oyéndola, el policía gordo contestó:

—¡Ah, no es así, Julieta! Siempre respondemos. La mayoría del tiempo, no es nada. Pero mira, esta noche nosotros pescamos a estos tratando de escapar del lugar del crimen. Eh, ustedes dos tortolitos tienen un pequeño problema.

CAPÍTULO ONCE

La muchacha era una aventura ambulante.

En una sola noche, lo había tenido escapándose de un almacén cerrado con llave, casi lo habían metido en la cárcel, y había aterrizado en el hospital.

Quinn se admitió que las cosas sonaban peor de lo que habían sido. El par más refinado de policías de Brooklyn los interrogaron, y Mercedes los había cautivado con su explicación. Se habían aclarado las cosas con una llamada telefónica al superintendente del almacén, y los habían soltado.

Pasar por la sala de emergencia había sido idea de ella. Porque había insistido tanto, él se dejó sacar unas radiografías para cerciorarse de que no tenía ningún hueso roto en la caída de la escalera del escape de incendios.

Las radiografías mostraron una fractura diminuta en una de sus costillas. Sería doloroso, pero sanaría por cuenta propia. No había mucho que pudiera hacerse por una lesión en una costilla, solamente darle un analgésico y el consejo de que fuera a ver a su propio doctor esa misma semana.

Saliendo del hospital por las puertas corredizas automáticas, él chequeó la hora. Las tres menos veinte de la mañana. La noche se había ido para largo entre la estación de policía y el hospital. Agotado, se preguntó si a ella le molestaría pasar la noche en su apartamento de nuevo.

Él la encontró sola en la sala de espera. Estaba sentada en uno de esos asientos comunes anaranjados, bebía un refresco que había comprado de la máquina en la sala y miraba desinteresadamente el televisor en una esquina.

En seguida, ella sonrió y se puso de pie, encontrándose

con él a medio camino por el cuarto. Él no podía comprender cómo podía ella mantenerse tan atractiva, aun con la fatiga que mostraba su rostro.

—Que tome dos de éstas y llame a mi médico por la mañana —le dijo él, mostrándole la botellita de pastillas—. Eso es todo.

—¿Todo está bien, entonces?

—Nada grave. Te diré después, cuando esté más coherente. Eso es después de haber dormido un poco. Merce, tú podrías...

—¿Pasar la noche en tu apartamento otra vez? Claro que sí. Pero esta vez yo duermo en el sofá. Tú debes estar tan cómodo como sea posible esta noche.

Él sintió alivio, a pesar de que ella estaría incómoda si insistiera en pasar lo que quedaba de la noche en ese sofá. Una vez en casa, le aseguraría que él no tenía energía para nada más que dormir, y que su cama los acomodaría a ambos...

La música que provenía del televisor, un tintineo comercial, pareció muy familiar. Sus cabezas se alzaron juntas en la dirección de la pantalla.

Entonces se rieron. Allí, en color, estaba Mercedes en ese provocativo vestido rojo ardiente, pareciendo ser tan juguetona, tan sexy, arrugando los labios en un beso, sonriendo, mostrándose lo más atractiva posible frente a la cámara.

Y si hubieran pestañeado se hubieran perdido a Quinn, fingiendo que ese helado era lo más deleitable que había probado en su vida. Un marco final del lerdo escogiendo el helado en lugar de la fascinante Mercedes y el cierre comercial con el locutor invisible diciendo: "¡O este helado es muy bueno o hay algo tremendamente malo con este tipo!"

—Treinta segundos —Mercedes meditó—. Treinta segundos y ha terminado.

Él sonrió, demasiado cansado para comprender cuán profundo el pensamiento detrás del comentario nostálgico.

—Quizá lo veamos de nuevo por la mañana. —Quinn la dirigió hacia la salida con un brazo alrededor de sus

hombros—. Y no me preocuparía por eso. Según Andy
Warhol, todavía te quedan catorce minutos y treinta segundos más de fama, nenita.

Gradualmente, la luz del sol que entraba a través de las
ventanas del dormitorio se aclaró más y más. Mercedes
pensó que quizá tendría tiempo para una siesta más tarde
ese día. Había dormido aproximadamente una hora, y
era más de lo que debiera haber sido posible.

No fue así para Quinn, quien había dormido profundamente. Él rodó encima de hacia ella, y sin despertarse,
rodeó su cintura con un brazo. Cuidadosamente, ella cubrió su brazo con el de ella.

Ella no podía demorarse esa mañana. Nada había pasado entre ellos en esa cama, pero era mejor que ella se
fuera a casa. Porque si él despertaba, lleno de energía y
descansado y con ganas de hacer el amor, ella no tendría
fuerzas para rechazarlo.

Ella no podría seguir así. Estando tanto con él, viéndolo y
queriéndolo y sin ninguna esperanza para un futuro juntos.

Suspirando, ella se empujó el pelo lejos de la cara. Le
faltaban cuatro meses para cumplir los veinticuatro años, y
estaba contemplando la idea de un futuro con un hombre.

¿Y su carrera? ¿Qué tal si posponía el matrimonio hasta
que hubiera aceptado la oportunidad que podría cambiar
su vida para siempre?

Suavemente, para no despertarlo, ella quitó el brazo de
él de su cuerpo. Se ducharía rápidamente y tomaría el
tren y el autobús para Hoboken. Antes de que algo pasara
y él tuviera la oportunidad de robar otro pedazo de su corazón. Ya le había quitado un buen pedazo.

Algo le dijo que chequeara su máquina. Decidió usar el
teléfono del dormitorio, discando los números que había
memorizado de su tarjeta telefónica, y el código para recuperar sus mensajes. Su madre había llamado para ver
cómo estaba y la segunda llamada era de su agente.

—¡Eh, dama! ¿Dónde ha estado? Estoy llamando desde

San Diego. Te será un poco difícil encontrarme, así que te volveré a llamar esta tarde. Tengo algo realmente grande para ti, Mercedes. Realmente grande. Te llamo después.

"Algo realmente grande", ella imitó la voz de Hollywood de Ron Carroway, dirigiéndose al baño. *Ah, que dulce.*

Ella mentiría si dijera que no estaba curiosa. Ron nunca había usado esas palabras antes; parecía genuinamente entusiasmado. ¿Podría ser un papel de película? No una partecita sin diálogo, de extra, ¿pero un papel importante? Un papel principal era demasiado pedir. No se dio prisa en la ducha, disfrutando el agua fresca sobre su piel desnuda.

Un papel casi principal en una película. Eso tragaría meses enteros de su vida. Dependiendo de la ubicación del rodaje, Straight-Up Tequila tendría que prescindir de ella durante algún tiempo.

Secándose con una toalla, limpió la condensación del espejo del baño. ¿Y si Straight-Up Tequila ya no la necesitara más?

Esa banda era un obstáculo. Por cierto que era divertido cantar con ellos. Había forjado amistades con cada uno de los muchachos. Pero de acuerdo al mismo Quinn, si ella no estuviera en el grupo, ellos dos podrían ser algo más.

Y si, más adelante en el camino, él le pidiera que se casara con él, ella no vacilaría en aceptar su propuesta. Él era el que ella quería y no necesitaba salir con él por años. Su etéreo amante—el teatro—tampoco podría interponerse entre ella y la felicidad verdadera.

Mercedes pensó en el anuncio que había visto finalmente anoche. Treinta segundos y había acabado, como la ilusión de un mago—tan real y luego esfumada de la pantalla en un instante. La parte mejor del anuncio había sido su creación. Ella había saboreado el trabajo en sí, una experiencia que nadie más recordaría pero que se quedaría para siempre con ella.

Tantas personas hablaban de perseguir sus sueños. A menudo, nunca era más que charla. Ella lo había hecho.

Había corrido tras de su sueño. Pero al final, era sólo un sueño. Una ilusión.

Quinn tenía razón. La pasión de perseguir el sueño era lo único que era real.

El dilema era que esa pasión palidecía al lado de Quinn en su vida. Quinn era su pasión.

Él todavía estaba dormido cuando ella volvió al dormitorio. Yacía en su ropa interior, como era su costumbre, con las piernas aparte y los labios entreabiertos.

De repente la envolvió una tristeza misteriosa. ¿Y si ella dejara el grupo, y en lugar de traerlos más cerca, sus vidas se separaran más? ¿Y si el grupo—lo que los mantenía aparte—estuviera también manteniéndolos unidos?

Sus sandalias estaban debajo de la cama. Cuando se agachó a buscarlas, desnuda, se detuvo, incapaz de apartar la vista de él.

Un impulso se apoderó de ella. Motivada por la posibilidad de que todo acabara una vez que ella anunciara sus planes, y por el deseo de tocarlo, no se le resistió. Una versión moderna de la Bella Durmiente, o mejor el Guapo Durmiente. No quería tanto dejarlo con algo como llevarse algo de él con ella.

Juzgando por la hinchazón entre sus piernas, él estaba excitado. ¿En sueños? ¿Estaba teniendo un sueño sexy? ¿Estaba soñando con ella?

Ella podría entrar en ese sueño. Ella quería encontrar la entrada, y empezó por recorrer la mano por esa hinchazón rígida. Suavemente, al principio. Y luego deliberadamente, amorosamente, en ritmo con las caricias de su lengua a lo largo de la piel de su pecho y cuello.

Un gemido de él, viniendo de en lo más profundo su pecho, la excitó aun más. Todavía estaba dormido. Moviéndose un poco, pero aún dormido. Ella se sentó en la cama, acariciando la parte interior de sus muslos, y cubriéndolo con besos de los pies a la cabeza.

Esto era nada bueno para ella. Sus emociones hacia él eran demasiado fuertes, y el resultado sería doloroso si todo entre ellos se acabara.

Detenerse ahora sería doloroso también. Aunque ésta era solamente su segunda vez con él, no le tomó mucho tiempo en llegar a ese punto donde dolería si se detuviera.

Él era lo único que podría detenerla ahora. Y tendría que empujarla lejos de sí, entonces. En cambio, su respiración se hizo más pesada. Su cuerpo más caluroso. Sus músculos se tensaron de placer, para luego relajarse. Sus párpados temblaron, pero no se abrieron.

La entrada a su sueño. Donde ella quería estar.

Donde ella necesitaba estar.

El placer tenía un efecto como de olas. Subiendo de la parte inferior de su cuerpo y creciendo en intensidad.

¿Qué tipo de sueño era éste?

El mejor.

A través de su sueño, Quinn sintió que algo tibio lo cubría, escudándolo. Lo suficiente despierto para abrir sus ojos, se encontró abrazando a Mercedes, quien estaba encima de él. Con la cabeza baja, ella estaba plantando besos por la carne acalorada de su pecho. Ella continuó, sin darse cuenta de que él estaba saliendo despacio del sueño.

—Te amo, preciosa.

¿Habló él en su sueño? Mercedes levantó la cabeza. Sus ojos abiertos de pleno se encontraron con los de ella.

Me ama. Tenía la opción de tomar eso en serio o decidir que él todavía estaba medio dormido y no sabía lo que prometían sus labios.

Lo cual le dio la libertad de responder, "Y cómo te amo yo".

La tristeza se ahondó. Y qué tristeza extraña era, mezclada con éxtasis físico. Él realmente no la amaba. Por lo menos, su amor no podía igualar el que ella sentía por él. Si él la amara, nada hubiera tenido el poder de mantenerlos aparte.

Ella podía dejar el grupo, ir a casa y esperar la llamada de Ron. Podía irse a dondequiera que su sueño la llevara. A conseguir un trabajo verdadero y simplemente mandar todo lo demás al carajo.

Decisiones todas que, juntas, sólo aumentaban su confusión.

La única certeza era su deseo de ser parte de la vida de Quinn, y él parte de la suya.

Ella no podía o no se permitiría pensar en todas estas cosas—no ahora, por lo menos. Había despertado a un león con sus besos y caricias. Él estaba completamente despierto ahora, lo bastante alerta para buscar protección en el cajón de la mesita de noche.

Ella montó sus caderas, metiéndolo dentro de ella. Mercedes quería ser la que diera el placer a ambos, y él se lo permitió de buena gana, asiendo su cintura.

Él no le quitó los ojos de encima mientras se movía, tensando los músculos internos—no demasiado fuerte, sólo bastante para aumentar la sensación. Él cerraba los ojos de vez en cuando pero los abría de nuevo para mirar el cuerpo de ella, acabando en su cara.

La satisfacción tardó en llegar, y cuando lo hizo fue como una explosión de energía. La cabeza de ella se volteó hacia atrás casi con voluntad propia, y algo entre una risa y gemido escapó de su garganta. Ella lo asió de la cintura, derrumbándose despacio sobre él.

Se dejó de oír el latido rápido de su corazón cuando su voz dijo:

—Te amo, nenita. Te amo tanto.

Él no podía seguir diciendo eso. No, si no lo quería decir.

Ella se esforzó para sentarse. Fustigando su pelo fuera de su cara, cerró su boca abruptamente.

—Sí. Te amo. —Suavemente, Quinn se rió entre dientes—: Nunca pensé que le diría eso a ninguna mujer. Pero a ti... podría decírtelo para el resto de mi vida.

Enmudecida, lo miró fijamente. Moviéndose sobre él, se derrumbó a su lado.

Tenía que ser el momento más maravilloso, y el más pavoroso de su vida. Él ni siquiera había notado su temblor. Y antes de que lo notara, hizo un manojo de las sábanas alrededor de ella.

Quinn se bajó de la cama, agitando la cabeza para quitar su propio pelo de la cara.

—¡Hola! —él se rió de nuevo, pícaramente—. ¡Buenos días, nenita! Voy a... —él gesticuló hacia la puerta—, voy a darme una ducha. Cepillarme los dientes. ¿Te quedas tranquila?

—Bien.

Ah, mi Dios, ah, mi Dios. Te tienes que ir de aquí, le sugirió el miedo.

Pero irse así, después de hacerle el amor a un hombre, cuando él esperaba que ella estuviera allí cuando él saliera de la ducha... qué frío. No obstante, ella se apuró a vestirse. En su prisa, se golpeó la espinilla contra el pie de la cama.

Una nota amenguaría la picadura, con seguridad. Ella encontró su bolso tirado en una esquina de la sala, sacó un cuadernito pequeño y un bolígrafo, y garrapateó una nota breve.

Quinn entendería. Ella tenía que esperar una llamada importante en casa. Además, ella tenía que entrar en la librería temprano en la tarde. Se reunirían más tarde esa semana, antes o después del ensayo del grupo.

La tarea de escribir se hizo más penosa con los temblores de la pluma en su mano.

Él la amaba. Eso cambiaba todo. ¿No sabía eso él? Cuando ella era la única que estaba emocionalmente involucrada, las cosas eran más simples. Ahora él había coloreado su mente con nuevas perspectivas que ella no había considerado antes, complicando su vida.

Ahora tendría que pensar sobre esto y tomar decisiones.

Quinn, no iré al ensayo. No voy a ir a la fiesta de tu papá. Me voy del grupo. Lo siento. Mercedes.

La nota parecía pusilánime, sobre la cómoda donde él la vería. No se podía hacer nada más. Había sido buena para *Straight-Up Tequila,* y había disfrutado de la experiencia, mientras había durado.

Después, se enfrentaría con la verdad. Pero por ahora, por ahora—no podía.

Camino a la puerta, pasó por el baño. La puerta estaba entreabierta, permitiéndole oír el agua que corría en la ducha. Sobre el agua se oía su voz, cantando jubilosamente.

Estaba cantando la última canción que había escrito con Ryan, algo con ritmo latino. Apenas habían empezado a trabajar en ella. Era su solo, creado para mostrar su talento, con una melodía que él había escrito expresamente para ella.

Él parecía tan jubiloso que ella tuvo que forzarse a través del vestíbulo, cerrando la puerta detrás de ella.

El que él la amara cambiaba todo. Nunca había previsto eso.

CAPÍTULO DOCE

Era el destino. El momento, los eventos que dirigían hacia él, todo era perfecto. Tan pronto había entrado en su apartamento sonó el teléfono. Ron Carroway la llamaba con las noticias que había esperado oír por tanto tiempo.

Eso tenía que ser confirmación de que estaba en el camino correcto. El destino estaba diciéndole que había tomado la decisión correcta, no importaba lo inseguras que fueran sus emociones ese día. Tan huidizo como su sueño había sido, la oportunidad de abrazar lo imposible estaba cerca de ella.

En este momento, sin embargo, el destino tendría que esperar. Ella tenía libros nuevos para alinear en los estantes de la librería, clientes que servir, todo lo necesario para ganar un sueldo magro. Entre todo, su mente estaba libre para planear su futuro brillante.

Un papel principal. Lo había oído bien; ésas eran las palabras exactas de su agente. Una película importante, mucho dinero, fama, gloria, un vestido de Armani y una limusina para la presentación del Oscar. Todo eso sería suyo.

Debería de estar saltando de alegría, pero no estaba. En cambio, ella tenía que animarse, dándose charlas de ánimo para sobreponerse a ese estado como insensible.

Y quizá eso era normal. ¿Cómo podría saber ella la diferencia? Ésta era la primera vez que su sueño se había asomado de las profundidades de su corazón para convertirse en realidad. Quizá esa falta de entusiasmo realmente era escepticismo disimulado.

Su jefe, Benjamín Taggert, estaba en la parte de atrás

de la tienda, en su oficina. Un manojo de clientes había
entrado durante las últimas dos horas, pero sólo uno
había hecho una compra. El día era lento, pasando naturalmente, según su propio ritmo.

¿No debería haber sirenas a través del pueblo? ¿No deberían repicar las campanas de la iglesia? ¿No deberían
haber fuegos artificiales desafiando la lluvia y encendiendo
el cielo? ¡Su sueño estaba haciéndose realidad! ¡Maldición!

Pero no. Era un día típico, tranquilo, hasta que los cas-
cabeles encima de la puerta tintinearon y alguien más
entró en la Librería Benny. Entonces fue cuando las sirenas se pusieron listas para anunciar un argumento más
serio que todos.

Como su jefe estaba cerca y podría oír, trató de mantener su separación de Quinn callada.

—Hola. Estás muy lejos de Brooklyn, ¿no?

Lista. Alegre. No importaba. Quinn aún se enfadaría
con ella.

Él sonrió como si no hubiera venido todo ese tramo
sólo para decirle lo que pensaba.

—Tú sabes, yo no puedo contestar esa pregunta. La distancia parece ponerse más corta cada vez que hago el viaje.

Al mirarlo de pie al otro lado del mostrador, su corazón dio un salto. Él metió las manos en los bolsillos de la
chaqueta liviana que llevaba contra el frío inesperado de
ese día. La lluvia que humedecía su cara hacía brillar sus
ojos aún más.

—Tampoco pensé que sería apropiado hablar por teléfono, Merce. Así que vine personalmente.

—Ah. Bien, estoy... —Ella recogió los nuevos libros en
sus brazos, dirigiéndose hacia los estantes—. Estoy un
poco ocupada ahora mismo, lamento decir.

—Bien, ah... ¿recibiste la llamada telefónica?

—Sí. Sí, la recibí. —Ella se calmó—. ¿Recuerdas la "gloriosa Srta. C?"

—No es exactamente fácil de olvidar.

—No, no lo es. De todos modos, ella, ah...ella tiene la
oportunidad de dirigir una nueva película. Un material

bastante interesante, también. Una película de acción acerca de... —Tomando un paso torpe para atrás, se le cayeron la mitad de los libros—. Un ladrón internacional de joyas que se involucra con un estafador. Es un tipo de comedia con acción. Muy divertida.

—Parece que sí. —Agachándose, él la ayudó a recuperar los libros del piso—. ¿Y ella quiere que tú seas el ladrón de joyas?

—Sí, sí. ¿No es maravilloso?

—Sí, por cierto. ¡Es fantástico! —Su sonrisa era genuina, pero sus ojos contaban otra historia—. ¿Eso es todo? ¿Ya es tuyo? ¿No tienes ni que leer para el papel?

—Ah, no estoy segura en este momento. Tengo que encontrarme con Ron y la Srta. C esta semana para almorzar y hablar sobre eso. Probablemente tendré más detalles después.

—Ah. Uno de esos "almuerzos poderosos," ¿eh? —Quinn hizo una pausa, descansando el brazo en la rodilla—. Estoy realmente orgulloso de tí.

Mercedes dio un parpadeo largo:

—Gracias.

—No, de veras. Estoy orgulloso de tí. Si alguien se lo merece esto, eres tú.

—Este, ah... Gracias. Bien, yo... he trabajado muy duro para esto.

No se suponía que él estuviera tan a favor, tan comprensivo. Había esperado que él estuviera enfadado con ella. Dándole su espalda, empezó a apilar los libros en los estantes.

—¿Por eso viniste aquí, personalmente? ¿Para preguntarme acerca de la llamada?

—A decirte la verdad, no. Tú sabes por qué vine aquí. Metiendo la mano en el bolsillo, él desplegó su nota—. ¿Qué es esto, Merce?

Aquí viene. Sorprendentemente ella le agradecería un argumento. Sería más fácil de aceptar, en lugar de verlo tomar su decisión tan cortésmente.

—No creo que sea justo pedirle al grupo que me espere. Éste es un papel principal, Quinn. Tiene que venir primero. Entonces, estoy escogiendo mi trabajo antes que el grupo. Estoy haciendo exactamente lo que tú pensaste, desde el principio, que haría.

Por un momento, él se quedó callado. Volviendo a doblar la nota, la metió en su bolsillo.

—Esto no es acerca de Straight-Up Tequila. Te dije lo que siento por tí y te asustaste. ¿No es así?

—No. No, no lo es.

—Yo pienso que sí —él insistió suavemente—. Si no lo es, tienes que decirme qué está pasando. Porque me despiertas, muchacha bonita, mostrándome cómo te siente hacia mí, y yo no puedo acabar de decirte cuánto te amo. ¿Me equivoqué? Yo pensé... ¿no sientes lo mismo por mí?

—Tienes que entender —ella se puso defensiva, bajando la voz—. He esperado esta oportunidad tanto tiempo. No puedes pedirme que renuncie a ella.

—No te estoy pidiendo eso. Sé que esto es lo que quieres. No quiero ser un obstáculo. —Él bajó la cabeza y suspiró—. Quería saber si fue real. Tú y yo. Porque me pareció real. O si yo fui el único que lo sintió.

—No, no fuiste el único. —Ella se apoyó contra los estantes—. Pero no sería justo para nosotros, tampoco. Yo filmando, dondequiera que estemos haciendo esto, y tú aquí.

—Estoy seguro de que hay personas que lo hacen. —Ése parecía ser el límite hasta donde él llevaría la discusión.

—Tú crees que estoy siendo egoísta.

—No dije eso.

—Bien. Entonces *yo* pienso que estoy siendo egoísta. —Su voz vaciló—. No puedo ver el mérito de correr la carrera y, cuando la ganas y te están por dar el trofeo, renunciar.

—No, yo tampoco.

—Pero eso de tener que poner a alguien que es importante para mí después de mi carrera—o no estar con él— eso tampoco es lo que quiero. No es suficiente para mí.

Él acortó el espacio entre ellos.

—¿No lo es?

—No. Pero yo tengo que hacer esto —ella interpuso rápidamente.

—Lo sé. Y yo soy el... "alguien importante" para tí. ¿Verdad?

Él quería confirmación. Bien. Ella respiró hondo:

—Yo te amo. Sé que es difícil creerlo, pero te amo.

—No es difícil creerlo. Es lo que quería oír. No puedo detenerte, y ni siquiera voy a tratar. Ve a ganar tu trofeo, Merce.

Entonces la besó. Y con todo su ser ella le respondió, naturalmente.

—Pero no pierdas la pasión —le susurró a ella—. Amo esa parte de ti, también. No permitas que nadie te la quite.

Ella se quedó inmóvil contra los estantes, simplemente mirándolo irse de la librería.

Él va a cambiar de parecer a mitad de la cuadra, pensó. Abriría la puerta de un golpe, quizá incluso rompería el vidrio y tendrían una buena pelea entre hombre y mujer.

Pero él no volvió. Ella siguió con su trabajo de apilar los estantes, quedando sola con su pálido "sueño hecho realidad."

Había parecido tan diferente, había brillado mucho más, cuando se había mantenido lejos de su alcance... y antes de que se hubiera enamorado.

—Ya los veo a ti y a John Villagomez, haciendo una pareja tan adorable juntos, contra esos fondos tropicales. Ah, ustedes quemarán la pantalla, ¿no lo cree, Tipo duro agente?

En su prisa por contestarle a la directora, Ron Carroway casi se ahogó con su bebida.

—Mercedes Romero y John Villagomez. Adorable. Sonido chispeante. ¡Absolutamente! —Él se secó a golpecitos con su servilleta las gotas de Guinness que habían caído en su corbata.

—Ah, estimado Tipo duro, será John Villagomez y Mercedes Romero, en ese orden. Villagomez espera ser el principal, naturalmente.

—¡Ah, naturalmente!

Mercedes permanecía callada en la mesa, bebiendo su vino despacio y permitiendo que su agente y la "gloriosa Srta. C" hicieran las negociaciones.

Así que Ron había entendido mal. O en su excitación, había confundido un papel de protagonista con el de actriz principal. La estrella de la película sería el guapo, y más conocido, actor de América del Sur, había recibido aclamación crítica por sus últimos dos papeles... además de ser el ídolo del momento en los Estados Unidos.

—Estoy segura que usted entiende, Cosita joven atrevida. Él es un nombre importante, él acarreará la película. —La directora mordisqueó la aceituna de su martini—. Sin embargo, él es soltero. Quizá te sea divertido.

—Ah, yo tengo un presentimiento que nosotros nos llevaremos muy bien.

Ya tengo novio. Ése fue su pensamiento hasta que se corrigió. Ante la sugerencia juguetona de la "Srta. C", había estado preguntándose cómo reaccionaría Quinn al saber que ella iba a pasar tanto tiempo con ese mujeriego desvergonzado, Villagomez. Si se creyera los tabloides, el tipo era un papi chulo.

Pero eso no sería un problema, porque ella y Quinn habían terminado. Inquieta, ella miró alrededor a los otros comensales en el elegante restaurante al oeste del parque Central.

—Ahora hay unos pequeñísimos cambios que me gustaría ver antes de que entremos en la producción, Tipo duro.

—¿Y son, gloriosa Srta. C?

—Bien, para empezar, eh, bien, me gustaría ver que Mercedes adelgazara ah... quince libras. Veinte, a lo sumo.

—Eso no es nada. ¡No hay problema!

—No pensé que lo fuera. Pero no la quiero demasiado delgada, usted entiende. La quiero atlética, como Linda Hamilton en *El terminador.*

—No hay problema. Lo que diga. ¡Claro, una ladrona de joyas debe ser atlética!

Mercedes les llamó la atención al sofocar una risa.

—¿Algo cómico, querida? —la directora le preguntó con voz uniforme.

—No, no es nada. Es que no estoy... acostumbrada a... —sus palabras descendieron en su copa, cuando tomó otro sorbo—, que se hable de mí como si yo no estuviera presente. Éso es todo.

Inmediatamente, ella se arrepintió de haber hecho el comentario. No era cortés y eso no era en absoluto un comportamiento normal para ella. Se pensarían que era como el estereotipo de actriz temperamental.

En realidad, se sentía muy incómoda, nada más que incómoda y presionada a enfrentar decisiones que finalmente otros habían tomado por ella.

La mujer mayor, siempre imprevisible, respondió encantadora y cortés:

—Usted tiene razón, corazoncito. No estamos involucrándola en la discusión. ¡Ah! Si alguien me hubiera hecho eso a mí a su edad, me hubiera puesto furiosa.

Mercedes se disculpó con una sonrisa.

—Gracias. Y como estábamos diciendo, no tengo ningún problema con perder peso o entrenarme para la parte.

Ningún problema, no. Con la excepción de que ella había empezado, después de tan largo tiempo, a aceptar su figura, curvilínea como lo era. Había sentido que su cuerpo era atractivo y sensual para un hombre quien había saboreado apretarlo contra el de él.

Un hombre que ella amaba. ¿Qué había hecho?

—Además, usted querrá estar en forma perfecta, ¿no lo cree? Cuando usted se desfile delante del "Delicioso Villagomez" sin llevar nada más que una rosa entre los dientes.

—¿Hay una escena dónde... hay una escena desnuda?

Ron rompió el agitador de bebida de plástico, con el que había estado jugando, por la mitad. Ninguna de las mujeres le hizo caso.

—Ah, es verdad. Usted no ha visto el guión todavía. —La Srta. C irguió la cabeza con orgullo—. ¡Es realmente maravilloso! Y de hecho hay dos escenas que involucran desnudez. Una de verdad cómica, dónde desfilas delante de él, con una rosa entre los dientes, y otra escena dónde usted y nuestro héroe están— ¿cómo diremos? —tratando de hacer el amor.

—Con todo el respeto debido, "gloriosa Srta. C", yo no hago desnudos. Preferiría tener una doble de cuerpo para esas escenas.

La cara de su agente se puso carmesí.

—Usted no puede estar haciendo demandas, cosas como un...

—Ésa no es una demanda, Tipo duro. Ésa es una convicción personal. Me gustan las chicas con convicciones. Usted quiere una doble de cuerpo, Cosa joven atrevida, usted tendrá una.

La directora derramó su miel en Mercedes, ofreciéndole una sonrisa al retirarse de la mesa.

—Creo que eso es bastante por hoy —ella dijo, ajustándose el echarpe de seda de colores vívidos—. Le enviaré el guión algún día en las próximas dos semanas. En este momento, pensamos empezar la producción esta primavera próxima. Vamos a filmar para rodaje, en Perú. Si tiene preguntas no...

—Gloriosa Srta. C, yo... yo no tengo ninguna pregunta. Yo... —Mercedes estaba erguida—. No estoy tan segura de que... yo quiera hacer esta película.

Sentado a la mesa, su agente volcó el resto de su trago en la boca y dio un pequeño estertor desesperado.

La directora se detuvo, su mano descansando delicadamente en el respaldo de su silla.

—Eso es cómico. —La mujer mayor también se rió, un sonido bajo y peligroso—. Me pareció que dijo... que no... quiere... estar... en mi película.

¿Cómo iba a decirles esto? Asombrada, Mercedes notó que no se sintió ni tímida ni acobardada ante la mirada fija y penetrante de Eileen Carberry.

Quizá porque no estaban en el teatro. Ésta era su vida real. No había ningún escritor de guiones poniendo palabras en su boca. No había ningún guión dictándole lo que debería sentir. Eso la quedó con la verdad lisa y llana.

—No es su película la que yo no quiero hacer. Si yo lo viera de esa manera —le dijo a la directora—, lo haría. Puedo aprender tanto de usted, gloriosa Srta. C, y algo con su nombre en él con certeza será de primera calidad.

Ron se puso de pie, dirigiéndose a la mujer mayor:

—Escuche, Srta. C, no sé lo que le pasa a la señorita Romero, pero a partir de ahora mismo, no es ya mi...

—Bien, yo no entiendo nada en absoluto. —La directora ignoró al agente por completo, con el hielo completamente desaparecido de su cara—. Y usted me gusta, niña. Lo digo de verdad. Pienso que usted tiene gran potencial y calidad de estrella. Usted va a llegar lejos, Mercedes. ¿Por qué el cambio de parecer?

—A propósito, yo sólo estaba embromando acerca de dejarla como cliente —Ron interrumpió brevemente el intercambio entre las dos mujeres, aunque ninguna se enteró de que él todavía estaba presente. Habiendo terminado su propia bebida, él tomó refugio en el resto de la de Mercedes.

Pasando la lengua por sus labios, Mercedes intentó una explicación.

—Srta. C, esto tiene que ver con... pasión. ¿Cómo puedo decirle esto? Usted sabe, si esto me hubiera pasado hace unos meses atrás, le habría dado lo que usted está pidiendo, con todo mi corazón y mi alma. Y no sé si puedo hacer eso ahora. No sé si toda mi concentración puede centrarse en el papel, cuando... me ha pasado algo más a mí. Algo en lo cual quiero volcar mi pasión, porque siento que es el momento de hacerlo. Estoy lista para eso. Lo quiero. Más de lo que jamás he querido esto.

No podía engañar a la "gloriosa Srta. C." Con una mueca juguetona, ella dijo:

—Ah, ya veo. Esto tiene que ver con un hombre joven, ¿no? Mejor que me digas quién es, Mercedes. Es el "Tipo alto guapo con la coleta", ¿no?

—¡Sí, es él! Quinn Scarborough, él me ama. —El impacto repentino de oír esa afirmación le devolvió la nerviosidad del estómago.

Y a pesar de todo, ella había huído de sus sentimientos por él.

La mujer mayor estaba en otra longitud de onda. Suspirando, ella se dejó caer atrás en su silla.

—Estoy compitiendo con él. Eso no es justo. No puedo ganar. —Detrás de la pretensión de enfurruñarse, el buen humor de la Srta. C prevaleció—. No puedo decir que la culpo, Mercedes. Yo no sé lo que haría. Nunca he estado enamorada. Nadie jamás ha significado tanto para mí. Pero explíqueme. ¿Por qué tiene que elegir o uno o el otro? ¿Le pidió él que no hiciera esto?

—No. No, él no hizo eso. Él piensa que estoy llevándolo a cabo, y me apoya. Él no, él no sabe que...

Que yo quiero que lo que empezamos a desarrollar juntos, crezca. Que quiero estar cerca de él, para que eso pueda suceder. Él no sabe eso.

—¿Entonces adónde va usted de aquí? ¿Ustedes se casan, tienen un par de niños, viven en la casa linda detrás del proverbial cerco blanco? ¿Y su carrera? ¿Lo que usted ha trabajado tanto por conseguir?

Mercedes fue tomada un poco desprevenida por el leve cinismo.

—Srta. C, por favor no tome esto de mala manera. Pero es probablemente fácil para usted decir eso.

—¿Realmente? ¿Cómo?

—Es así: yo crecí entre dos culturas diferentes. Ni una ni la otra está equivocada. Pero crecí con una madre tradicional dominicana que no habría cambiado la vida que usted acaba de describir por todas las carreras en el mundo. Y me crié en esta cultura que me animó, como mujer, a seguir mis sueños de éxito, y me alegro de eso. ¿Pero qué es el éxito si usted lo alcanza con una parte grande de su corazón faltándole? Eso me pasará a mí, Srta. C. Mi sueño me ha roto el corazón. Tantas veces. Ahora mi sueño puede esperar o puede dejarme del todo.

Ella podría haber dicho más. Pero mirando de la directora, cuyo ceño estaba fruncido, a Ron, quien miraba nerviosamente de nuevo su reloj, ella estaba segura de que ninguno de los dos entendía lo que estaba diciendo.

—Siento haber perdido su tiempo, Srta. C. Le deseo toda la suerte con su película y estoy segura de que no le será demasiado difícil reemplazarme.

Ajustando la hombrera de su bolso, Mercedes se alejó del restaurante para entrar en la tarde de Nueva York.

Eran más de las cinco. ¿Cuánto tiempo había estado en esa reunión? La muchedumbre, hombres y mujeres saliendo de sus empleos, se movía mecánicamente, desalmadamente, a través de las calles, dirigiéndose a sus trenes y autobuses. Le resultaba difícil creer, al caminar con decisión, que una vez ella había estado entre ellos.

Ella siempre recordaría ese día—cuando había sobresalido de los miles de aspirantes, y había saboreado lo imposible.

Le había pasado a ella.

Mercedes se sonrió triunfalmente, uniéndose a la muchedumbre que esperaba a que la luz cambiara en la esquina.

—En cuanto la sonrisa apareció, se evaporó. ¿Y si Quinn no la estuviera esperando con los brazos abiertos? La realidad era que en el momento que le había declarado sus sentimientos, en ese mismo momento, él había creído que no tenía lugar en su vida.

Lo que la molestaba no era el haber rechazado su primer papel importante. Con eso ella podía vivir. No tenía ningún interés en estar lejos tan largo tiempo, en brazos de un extraño actuando el papel de su amante, cuando ella podría estar en cambio en los brazos de su amante real. El deseo que sintió aquel día en la librería de Benny, queriéndolo tan profundamente, y ese deseo que no se marcharía.

"Quería saber si fue real. Tú y yo. Porque me pareció real. O si yo fui el único que lo sintió".

—Mercedes, se fue antes de darme una oportunidad...

Las palabras, tan pertinentes a sus pensamientos actuales, la sobresaltaron. Fueron dichas por una voz de mujer.

Ella se volvió para enfrentarse con la directora, agitada de tanto correr detrás de ella.

— ...de decirle lo defraudada que me siento que nosotras no estaremos trabajando juntas. —Tomando la mano de Mercedes, la apretó firmemente entre las suyas—. Y para desearle a usted y a Quinn, ése es su nombre, ¿no, querida?, lo mejor.

—Gracias. —Aturdida, ella devolvió la sonrisa afectuosa—. Me alegro de que usted entienda. No es personal, en absoluto. No es nada contra usted, gloriosa Srta. C.

—No será contra mí, pero es personal. Y por favor, llámeme Eileen. —Su sonrisa se ensanchó—. Es personal. Usted es personal. Usted es una joven dulce. Usted es real. Y no se encuentren demasiadas personas como usted hoy en día. Usted casi no pertenece en este negocio.

—Eso puede ser verdad.

—O quizá usted sea lo que el doctor ordenó. Sé que usted tiene mucho que ofrecer. Pero entiendo, porque... ¿usted sabe, Mercedes?, poseo tres casas. ¡Cuéntelas— una, dos, tres!

Mercedes se rió con ella.

—Estoy segura de que son bellas, también.

—Sí, lo son. Un rancho en Santa Barbara. Una casa en las afueras de mi pueblo natal en Minnesota. Y una cooperativa, aquí mismo en la ciudad. Cuando llego a casa, a cualquiera de ellas... están vacías. Cuando atravieso la puerta, no hay nadie esperándome.

Mercedes sólo pudo asentir con la cabeza, temerosa de que una respuesta apresurada sería demasiado torpe.

—Ésa podría ser mi situación también, —le confió—. Él me dijo que me ama, y yo lo amo también. Pero yo pensé... pensé que yo tenía que llevar a cabo esto. Que una vez que uno empieza algo, uno lo termina, aun cuando uno ha hallado lo que realmente quiere. Lo siento, no debería estar diciéndole todo esto.

—¿Y por qué no? —Eileen volvió al modo mandón anterior, aunque hizo el gesto maternal de echarle un brazo alrededor de los hombros de Mercedes—. Usted puede decirme. No creo que usted tenga un problema. Usted es una persona directa, que se hace cargo de la situación. Usted va y le dice a ese hombre que él le pertenece a usted y usted a él, y eso es el final.

—¿Eso es lo que me aconseja?

—Piensa que son las instrucciones de un director. — Ella inclinó su cabeza—. Y a propósito, nosotras no hemos acabado el trato.

—¿No?

—*¡Mais non, ma petite fille!* Esta vez le permitiré que se escape. Pero quiero que nos mantengamos en contacto. Es posible que surja algo que sea perfecto para usted, más adelante. Algo que la mantuviera más cerca de casa, si eso es lo que le gustaría. Cuando usted esté lista. Ésa siempre será su pasión, también, Mercedes. Además, ¿quien dijo que podemos realizar sólo un sueño por cada vida?

CAPÍTULO TRECE

Algo faltaba.

En todos los años que Quinn había estado tocando música, no había habido una actuación como ésa. Iba más allá de su problema más temprano de tocar para cumplir con la demanda de su padre. Él no quería estar allí, con algo faltándole a la música.

Nadie más parecía notarlo. Ciertamente no el público, cerca de cuatrocientos. Muy pocos de los empleados de la oficina principal de la empresa en Manhattan habían rechazado la invitación. Y los que habían asistido se habían engalanado lo mejor posible y cenaban caviar y camarones y lo que fuera que les ofrecía la mesa del banquete. El licor corría libremente del bar, puesto al otro extremo del salón de baile, desde donde cuatro mozos, contratados por la noche, servían eficazmente a los invitados. Entre comer, beber y conversar, los invitados llenaban el piso de baile y ofrecían aplausos y aclamaciones al final de cada canción. Straight-Up Tequila no podía pedir un público más animado.

Fiel a su palabra, Nathaniel Scarborough había mandado invitaciones exclusivamente a los empleados más modestos y humildes de la compañía. Si cualquiera de ellos tuviera agravios contra el director recientemente generoso, cualquier queja con respecto a tratamiento preferencial o lo que fuera, esos problemas parecían olvidados esa noche.

De su lugar en el escenario—una plataforma alta en realidad—Quinn podía ver a Fernando e Isabel a un lado. Sus verdaderos padres charlaban con sus padres naturales, y de vez en cuando volvían las caras en su dirección. Por supuesto, él no podía reconocer a Fernando e Isabel sin también reconocer a sus padres. Así que él usó su perfecta, acostumbrada excusa de concentrarse en su actuación.

Algo falta. Ya no quiero hacer esto.

Al fin instrumental de la canción, él llamó a Ryan sobre cuatrocientas voces.

—"Fuego y hielo" —él dijo— Hagamos "Fuego y Hielo."

—¿Qué? ¿Qué le pasó a "En un rato?" —Ryan estaba desconcertado.

—"Fuego y hielo" —Quinn dijo de nuevo—. Olvídate de "En un rato".

Sin tiempo para discusión, Ryan les hizo una señal a los otros dos músicos, repitiendo la orden:

—¡Vamos a tocar "Fuego y hielo", muchachos!

—¿Oye...qué está pasando? —Onix se esforzó por ser oído encima de la introducción de los tambores de Steve—. ¡Hombre, estás cambiando el conjunto entero!

¡Sí, bien, arréglatelas! Quinn no se atrevió a decir su réplica mordaz en voz alta. Principalmente porque Onix no era tonto. Ninguno de esos muchachos lo era. Y Quinn sospechaba que habían llegado a la conclusión obvia. Las canciones realizadas, o incluso sólo ensayadas, con Mercedes serían evitadas esa noche completamente. No era porque él la extrañara; ése no era el problema. Sin ella, cada melodía sería sólo media canción, desprovista de su voz, del sonido que había sido su regalo al grupo.

Otra punzada pasó a través de él. Por suerte, "Fuego y Hielo" era un solo de Onix—su único solo—la canción que mejor cantaba con el alcance de su voz. Quinn pudo distraerse por el momento, excepto por su arreglo particular en la guitarra.

¿Por qué no había venido ella esa noche? Bien, ella dejó el grupo. Eso lo entendía. Eso no significaba que no podía estar esperándolo, esperando por él, como él lo había hecho por ella durante su rodaje comercial.

Simplemente tenerla allí. Eso habría cambiado todo

para él. Estar en la presencia de su padre no era ningún paseo en el parque para él, una experiencia más emocionalmente agotadora de lo que había anticipado. Después de la actuación, tendría que hablar de nuevo con él frente a frente, aunque tan sólo fuera por recibir el pago de su banda. Eso cortaría un pedazo grande de su orgullo.

Si Mercedes hubiera estado allí le habría resultado fácil. Él no estaba enfadado sobre su decisión, Aunque él estaba consciente de una tristeza que lo inundaba, un espacio vacío que había aparecido cuando ella había decidido salir de su vida. Y ella se había asido de la más pobre de las excusas.

Porque yo no era el único enamorado.

Él no estaba en un estado de negación; de alguna manera inexplicable, él lo reconocía como un hecho. Lo que había existido entre él y esa muchacha había sido indisputablemente real.

Que era más de lo que podía decirse de las canciones del grupo. Hasta esa noche, habían sido mentiras puestas a música, por lo menos en el caso de Quinn. Él no podía hablar por Ryan, quien había conocido el amor antes de coger una pluma y tejer verdaderos sentimientos entre las palabras y las notas.

¿Cómo podría huir él una vez más, esta vez de su memoria, negándose a cantar algo que había cantado con ella? Una canción que él sentiría de una vez, aunque fuera dolor.

—Bien, ahora, "En un rato", —él dijo, siguiendo el final del solo de Onix.

—¿Estás seguro? —Steve preguntó—. ¿No quieres tocar algo de antes de Mercedes?

Quinn encontró media sonrisa para su batería, cuyas bromas eran gentiles.

—Sí, estoy seguro. Éste es mío.

"En un Rato", originalmente su solo, había ido a Mercedes en el club Seaside Heights. Era irónico cómo había vuelto a él, las palabras asumiendo el filo de verdad hiriente.

*En un rato, tú comprenderás que era yo/ Que ésta no es la
manera que debería ser/ contigo allí, y yo aquí / En un
rato, tu corazón vendrá buscando el mío.*

La música era suave, romántica, inspirando a los invitados para bailar más lento, más cerca de sus compañeros.
Era completamente místico, el efecto de la música sobre
el alma humana, cómo una canción podía significar algo
completamente único a dos personas diferentes y nada
en absoluto a una tercera.

"En un rato" devolvió a Quinn, en espíritu, a esa noche
en Seaside Heights. ¿Por qué no había comprendido él
entonces lo importante que Mercedes era para él? El próximo día, le había hecho el amor por primera vez. Si él
hubiera permitido que las palabras de esa canción entra-
ran a su corazón entonces, ellas no lo herirían ahora, pa-
reciéndole tan tristes, tan perdidas ahora.

Antes de que la canción acabara, había tomado una decisión. La próxima semana, les avisaría a los administra-
dores de la escuela para muchachos de Hudson Valley
que estaba listo para reintegrarse a su posición en la sección de consejeros. Fernando estaba mucho mejor, manejando la tienda con Isabel y un hombre joven estudiante
de clases nocturnas en la universidad, trabajando de jornada completa para la pareja durante los días.

En cuanto a su música, la iba a poner en segundo
plano durante algún tiempo. No tendría tiempo para los
ensayos y shows, manejando por una eternidad para llegar a aquellos clubes escondidos. Había estado pensando
acerca de dónde vivía últimamente, y había decidido irse
del apartamento en los Heights y comprarse una casa particular. Nada como la de sus padres, sólo una casa cómoda, agradable. En alguna parte en Jersey, quizá. Cerca
de Hoboken. Algún lugar al cual Mercedes querría volver
después del rodaje de su película. Uno debía, después de
todo, tener sus prioridades en buen orden. Su padre, paradójicamente, le había enseñado eso.

Ella tendría que volver algún día. Una de sus herma-

nas, la que él había conocido en la rambla, todavía vivía
en la costa del este. Mercedes era muy íntima con sus hermanas. Volvería para verla, y él estaba decidido que él iba
a estar allí también, para encontrar cualquier parte de
amor que pudiera recuperarse.

Rendirse sin ningún tipo de lucha nunca había sido su
estilo.

Sosteniendo el micrófono, le habló al público:

—Han sido estupendos. Los muchachos y yo vamos a
tomar un descanso corto. Volveremos...

Los murmullos para que continuaran lo detuvieron.
Sonriendo, Quinn echó una mirada alrededor a sus caras.
En medio de ellos, vio a una mujer que le parecía fami-
liar. Elegante con un vestido negro, lo estaba saludando.
Era Tamara Romero.

Y detrás de ella venía la hermana más joven, Mercedes.
En uno de sus momentos tímidos, raros en ella, lo miró
directamente y él, incrédulo, devolvió su mirada.

—¡En seguida, en seguida, les prometo, volveremos en
seguida! —él habló más fuerte de lo necesario en el micrófono.

—¿Qué pasa? —Ryan le preguntó.

Quinn no le prestó ninguna atención. En su prisa para
saltar de la plataforma, él le dio un puntapié al micrófono, oyéndolo chocar al piso detrás de él.

El pinchadiscos, frente a una mesa a la izquierda de la
plataforma, dejó su plato de salmón ahumado para llenar
el hueco con una grabación popular de Selena. Mercedes
estaba de pie, inmóvil, al lado de su hermana.

—¿Viene para acá? —su voz tembló.

—Parece que sí. —Tamara bajó la cabeza para beber su
soda.

—No parece muy feliz.

—Yo no diría eso. A mí me parece... como un hombre
determinado.

—Quizá no deberíamos haber venido.

—Ah, no, mariposita. Usted no se sale de ésta. ¡No después de que yo me pasé diez minutos afuera conven-

ciendo a ese hombre en la puerta que yo soy una secretaria en la oficina de Nueva York que perdió su invitación!

—Advirtiéndola, Tamara la miró—. Nos quedamos. Y
cualquier cosa que él tenga que decirte, lo vas a escuchar.

Mercedes lo miró, haciendo eses a través de los invitados en la habitación. Quinn no estaba sonriendo. Su expresión era serio.

Tamara tenía razón: ésa era determinación. ¿Pero determinación para hacer qué? ¿Decirle que había cambiado de parecer? ¿A enviarla de vuelta a su sueño,
porque no tenía ningún lugar para ella en el suyo?

—Aquí viene, Tammy. ¿Qué hago yo? ¿Tammy? —Ella
miró a su izquierda—. ¡Tammy!

Su hermana o no pudo o no quiso oírla. Tamara se
había ido a la mesa de banquete, tomando su tiempo
para escoger de las golosinas puestas en porcelana fina
sobre el mantel de lino blanco.

—No esperaba verte aquí.

Ella tardó en seguir la voz hacia su dueño, pasando la
mano por la falda de su vestido rojo. El mismo que se había
puesto el primer día que lo conoció en aquel almacén destartalado y maravilloso. Había sacado el vestido de su arma-
rio con el claro propósito de sacudir la memoria de él. Sus
ojos subieron despacio hacia la cara de él, todavía seria.

—Mi ...mi hermana nos trajo —ella habló lo bastante
alto para que él la oyera por encima de la música ruidosa.

—Sí, pero pensé que no querías venir. Eso fue lo que
me dijiste la última vez que te vi.

La ausencia de enojo en él la calmó. Se dio una dosis
extra de fortaleza para decir:

—Lo sé, pero perdí a alguien que amo. Así que vine
aquí a buscarlo.

Quinn sintió que la parte de atrás de su garganta se
apretaba.

—Viniste a... no perdiste a nadie, Mercedes. He estado
aquí todo el tiempo. Y tú vienes conmigo, ahora mismo.

No era la respuesta que había deseado recibir de él.
Antes de darse cuenta, él la estaba llevando, con su mano

fuerte en el brazo de ella, a través de la habitación llena de gente, bajo algunas miradas curiosas. La estaba llevando directamente hacia la puerta.

¿Qué estaba pasando? ¿Estaba todavía tan enojado que la iba a echar fuera de su casa? Desconcertada por completo, ella pudo aún mantener la calma. Un poco.

Quinn había parecido lleno de determinación antes, pero este momento sobrepasaba el anterior. Nada interferiría con su meta de sacarla de allí. Las piernas más cortas de ella trataron de seguir las más largas de él, que los llevaron rápidamente a través de la puerta arqueada del salón de baile y al corredor de la planta baja de la mansión.

Tenía que ser los cinco mil que su padre había prometido como pago por la actuación de esa noche. Él debería haber pensado que ella había perdido su gran oportunidad en Hollywood, y que había visto los cinco mil dólares como un premio de consuelo. ¿Cómo podía pensar eso? Quinn era inteligente, y tenía bastante sentido común, como para comprender la indirecta sutil que ella estaba allí por él.

¡Él, y nada ni nadie más que él!

—¡No vine para cantar con el grupo, tú sabes! —ella le dijo entre dientes, intentando liberarse de su mano sin éxito—. Aunque fuera ese mi motivo, parece que están a mitad de la actuación. Pero no vine por eso. Deberías conocerme mejor ya.

—Si, si, lo que sea.

Ellos pasaron más allá de la magnífica escalera de mármol y más allá de las pinturas y esculturas en el vestíbulo grande. A menos de veinte pies estaban, abiertas de par en par, las dos puertas de caoba de la mansión. Quince pies. Diez. Cinco.

Sin duda la iba a expulsar de su casa. El ultraje y la desilusión invadieron su pecho.

—No eres justo. Debes escucharme. Pero si no quieres hacerlo, entonces...

—Mercedes, por favor. Simplemente continúa caminando. La justicia es una cosa, la privacidad es otra. Y lo que tengo que decirte se dice mejor sin público.

Cualquiera fuera el significado, se lo había gruñido—un gruñido sexy que, por fin, había salido a través de una sonrisa en los labios de él.

Estaban medio caminando, medio corriendo al salir de la mansión, pasando los automóviles alineados en un semicírculo alrededor de la fuente. Quinn la llevó más lejos a lo largo de la propiedad, reduciendo la velocidad al subir una porción del jardín que subía en una cuesta. En la cima había un cenador pequeño, en medio de varios sauces llorones. Desde el cenador se veía un lago pequeño, con un bote de remos amarrado en su orilla.

La brisa nocturna era leve y fresca, llena de la fragancia de un otoño temprano. Las estrellas brillaban en la superficie del agua, bailando en las corrientes suaves. Mercedes podía oír la música que provenía de la mansión, envuelta en el sonido de los grillos y el susurro de la brisa a través de los sauces.

—Cientos de personas o no, prefiero estar aquí —Quinn le dijo—. Yo traía mi guitarra aquí, me sentaba y tocaba durante horas. A veces, sacaba el bote al lago.

Mercedes pensó en sentarse en el banco que rodeaba la circunferencia del cenador, pero decidió quedarse de pie con él.

—¿No tienes que volver? ¿Terminar el concierto?

—Puede esperar. Primero, voy a besarte. Entonces te voy a decir cuánto te amo. Y esta vez, no te voy a permitir que huyas.

Ella tomó un paso adelante, acercándose a él.

—Tú sabes más de huidas que yo. —Mercedes se rió—. Tú trabajaste con fugitivos. Y tú fuiste uno de ellos.

—Sí, y llegué más lejos que tú —él la regañó mofándose—. No te olvides.

—Yo hubiera podido ir más lejos. Excepto que me di cuenta de lo mucho que te amo, y tuve que volver. Ahora, ¿dónde está mi beso?

Quinn sintió que sus brazos rodeaban su cintura, su toque chamuscándolo y disipando la nube de incertidumbre y dolor que había dominado esa noche hasta ese momento. Acercándola más, contra su pecho, él inclinó su cara, acariciando los labios de ella con su lengua. Luego, llegando más profundamente entre sus labios. La tercera vez, la besó largamente, excitado por la respuesta de ella a su beso.

—El problema es que un beso no es bastante —él murmuró entre besos—. Me hace desear, quiero decir que quiero...

—Sí, sí. Pero primero tienes que terminar el concierto —ella le dijo con firmeza—. No puedes dejar a esos muchachos—Ryan, todos ellos—preguntándose dónde estás.

—Sí, pero hay veintiocho dormitorios en esta casa. ¡Veintiocho! Así que el pinchadiscos tiene que seguir durante una media hora más. Podemos subir y regresar antes de que se den cuenta de que nos hemos ido. Pueden esperarnos...

—No. Tú puedes esperar. No puedes hacerle eso a tu público. Después del concierto, podremos estar juntos aun más tiempo. ¿No será mejor eso?

—No voy a sobrevivir tu película, nenita. Apenas puedo hacerlo a través de esta fiesta. Voy a tener que ir de vez en cuando para allí, estar contigo cuando no estés trabajando. ¿Adónde vamos, exactamente?

La hora de la verdad. Ella se pasó la lengua por los labios.

—La película se va a filmar en Perú.

—¿Perú? Bien. Nosotros conoceremos el país también, si tenemos tiempo entre la película y cuarto del hotel. Tendremos solamente los fines de semana, porque voy a volver a trabajar.

—¿Sí? ¿A la escuela? —Su sonrisa mostró su deleite—. ¡Eso es maravilloso, Quinn! Y tendremos mucho tiempo, ya verás. Yo no voy a Perú.

—Pero ahí es donde...

—No acepté el papel. Ya se le dije a la gloriosa... la directora. He decidido que no quiero hacerlo.

Él frunció el entrecejo, aflojando sus brazos alrededor de ella.

—Ah, Mercedes, no puedo permitirte que hagas eso.

Lo deseas demasiado. Has trabajado tan duro para llegar hasta aquí.

Firmemente, ella le dijo:

—No en esta fase en mi vida. Hay otras cosas que quiero hacer ahora mismo. Y no incluyen pasarme meses lejos de ti, en otra parte del mundo.

—¿Entonces, sí, que esto tiene que ver conmigo? —Quinn sacudió la cabeza—. Nenita, no quiero que lo hagas. No quiero que te pierdas algo con lo que has soñado toda tu vida. ¿Y si, más adelante, te arrepientes de no haberlo hecho? ¿Qué le hará eso a nuestra relación?

—Quinn, esto tiene que ver con nosotros. Conmigo también. —No había ninguna vacilación por su parte. Su mensaje era claro y firme—. ¿Recuerdas cuándo te dije que el cielo no era el límite para mí, en cuánto se refería a alcanzar mi sueño? ¿Que había cosas a las cuales no renunciaría? Bien, ésta es una de ellas. En mi vida, el amor no viene después que un sueño. Ni tampoco la pasión. Y lo que tenemos nosotros es ambas cosas.

Incapaz ya de contenerse, la estrechó en sus brazos, su mano entrelazándose en su pelo. En su oreja le susurró:

—Sabes, toda esta noche me he estado diciendo que no quería estar aquí. Eso nunca me había pasado. No quería tocar la guitarra. No quería cantar. El placer había desaparecido, porque tú no estabas allí.

—¿No querías cantar? ¿Cómo es posible? —Sólo se apartó bastante para sonreírle—. Eso es lo que yo quiero hacer más que nada. ¡Yo quiero cantar!

—Ahora, yo también —él admitió, riéndose. Ligeramente, él rozó su mejilla con los dedos—. ¿Eres seria, Mercedes, acerca de nosotros? Yo quiero saber si estarías dispuesta a...

—¿Otra vez? Estamos repitiendo la primera escena, ¿no? ¿Como al principio, cuando quisiste asegurarte de que me iba a quedar con el grupo?

—Eso es exactamente lo que quiero saber. —Quinn estaba serio—. Si tú dices que estás lista ahora, yo estoy listo también. O si quieres esperar, que tengamos más tiempo para conocernos antes, está bien. Por otra parte, quisiera ser más para tí ahora. Mañana sería tu marido.

Esa promesa devolvió la nerviosidad a su estómago y a su corazón. La niña en ella no podía esperar a—respetuosamente por supuesto—decirle a su obstinado pero adorable padre cubano que había estado equivocado. La hija menor de Alejandro Romero había encontrado a un yanqui ansioso ante la perspectiva de atar el nudo matrimonial con ella.

—Tienes mi promesa —ella le dijo—. Ahora la tienes. Supongo que eso significa que me despides como cantante de respaldo de Straight-Up Tequila, ¿no?

Él frunció los labios.

—¿Tú sabes? No sé quién salió con esa regla idiota de que no podías ser mi amante si también eras mi cantante de respaldo. Así que, ¿por qué no tiramos esa regla tan tonta a la basura a partir de este momento?

Mercedes abrazó su cuello, conmovida por el amor y afecto que brillaba hacia ella a través de los ojos de él.

—Tú eres tan dulce. Pero voy a ser la señora Scarborough. ¿Pensaste de veras que te permitiría despedirme de nuestra banda?

EPÍLOGO

—Ésta es la mejor parte de cualquier boda. La parte donde se puede besar a la novia. ¡Dame uno aquí, corazoncito!

Mientras el resto de la muchedumbre se congregaba, la nueva pareja, el señor y la señora Scarborough se rieron y Quinn sumó en su cabeza. De acuerdo a sus cálculos, Onix Pérez ya había besado a la novia dos veces antes: una vez en la línea de felicitación en la iglesia, la segunda al principio de la recepción. Diplomáticamente, el novio permitió que su pianista robara un tercer beso, bajo la condición que su brazo permaneció firmemente alrededor de la cintura de su novia.

—Ése es el último para esta noche, compañero —él medio le advirtió, un poco fastidiado a Onix.

—Lo siento, amiguito —Mercedes bromeó—. Soy una mujer casada ahora, y tampoco puedo estar dando paseos contigo.

—Especialmente ya que Quinn siempre irá en tu misma dirección de hoy en adelante, ¿verdad? —Steve preguntó, provocando la risa de familia y amigos a su alrededor.

—¡Verdad! —Soñadoramente, la novia hizo una pausa para compartir una mirada con su novio.

Con la ayuda de Tamara, ella había arreglado una boda simple en tres semanas. Tammy también había sido la dama de honor de su hermana menor; a Ryan le tocó el honor de ser escogido como el escudero de Quinn; y Mercedes fue la segunda de las tres hijas de Alejandro Romero que él había dado en matrimonio. Alina había tomado un vuelo desde la costa hacía unos días, llegando a tiempo para el ensayo de la boda.

La boda misma se mantuvo simple. Tammy había usado algunos de sus contactos para contratar a un fotógrafo para la ocasión, y ella y Alina llevaban vestidos poco tradicionales pero elegantes para la ceremonia. La novia había encontrado a una costurera que diseñó un vestido blanco de manga larga para ella. Ése también, aunque poco tradicional, era magnífico, bordado con perlas sobre raso, muy al estilo de Mercedes.

El plan original fue mantener la recepción simple. Quinn y su testigo del novio deberían encontrar un restaurante conveniente y disponible para esa tarde, ya que la mayoría de los proveedores formales requerían más de unas semanas de aviso.

—¿Este es el grupo entero? —El fotógrafo, un señor tieso, viejo con pelo escaso y canoso, los había descubierto—. ¿Podemos sacar una foto de ustedes todos juntos? Una perfecta, con las ventanas de fondo.

Tamara pasó su brazo a través del de su padre, anunciando:

Yo no estoy en el grupo. ¡Y este señor guapo al lado de mí, él es solamente su compañero de viaje!

Alejandro Romero le dio un pequeño pellizco juguetón en el brazo, riéndose con los demás. Mercedes cogió su atención y le sopló un beso, recibiendo una guiñada a cambio. Él estaba de pie al lado de Nathaniel Scarborough y la esposa de Fernando, Isabel, cuyos ojos todavía estaban hinchados de las lágrimas sentimentales vertidas a lo largo de esa tarde.

Con un número más escaso de gente, Mercedes encontró el tamaño de ese salón notable. Se habían desechado los planes de hacer la recepción en un restaurante la noche en que Nathaniel invitó a Quinn a traer su novia a la propiedad familiar, para que él y Andrea Scarborough la conocieran. Ella recordó el intercambio entre su novio y su padre, la mirada esperanzada en la cara de Nathaniel cuando él ofreció el salón de baile para su recepción. Había habido un momento de vacilación, y Quinn, callada y cortésmente, dijo:

—Dejaré esa decisión a la novia, papá. Pero apreciamos tu oferta de veras.

Ella esperó hasta que el fotógrafo terminara para estudiar el perfil de Quinn. Consciente de sus ojos en él, él se volvió, la acarició con una sonrisa, y la besó plenamente en la boca. Entonces él la acercó más a él y susurró:

—No puedo esperar a salir de aquí.

Mercedes sonrió, a sabiendas. Ese deseo de dejar la recepción era la reacción natural de un novio, y no ansiedad por salir de la propiedad de Scarborough. Ella había visto a Quinn esa noche como nunca lo había visto antes— tan calmo, con una alegría tranquila y madura que lo había liberado para extender afecto, incluso a su padre. Nada lo molestaba esa noche, mas que el anhelo de estar solo con ella en su apartamento de Hoboken—ahora el apartamento de los dos. Ellos vivirían en el pequeño apartamento antes de mudarse a su encantadora casa estilo rancho que Mercedes misma había escogido.

Esa tarde no podría ser más idílica, más alegre, más perfecta.

—Es un buen momento para escaparnos —ella le susurró.

Dándole una mirada de conspirador, Quinn le dijo:

—Consigue alguna excusa para encontrarte conmigo en el automóvil. Voy a salir, también.

—¡Eh! ¡Magnate rico y poderoso! ¿Sería demasiado atrevido si yo pidiera que el grupo toque una canción? Simplemente una canción. ¡Una!

Quinn cerró los ojos, bajando la voz:

—¡No ella de nuevo, ah, no ella, ah, Dios!

Mercedes se encogió de hombros.

—Yo tuve que invitarla, mi amor. Ella me llamó, de improviso, y cuando le dije que nos íbamos a casar...

La voz de Nathaniel se oyó por encima de la novia cuando se dirigió a Eileen Carberry:

—Ah, no sé, Srta. C maravillosa...

—"Gloriosa Srta. C", querido. Pero sin embargo soy maravillosa, también. —Ella le dio golpecitos en la mejilla. Quinn la felicitó en secreto por obtener esa expresión desprevenida en la cara del "Magnate rico y poderoso"—. ¿Una pequeña, pequeñita canción? Particularmente porque el "Hombre electrónico de música" parece estar tan cansado, detrás de todos sus discos compactos, y el grupo está...bien, ellos están ocupados comiendo.

—¡No, no, dile que no, absolutamente no! —le rogó Quinn desesperadamente.

—¿Y la novia? ¿Su nuera? —Eileen tiró su cabeza atrás, como una reina—. Bien, yo la descubrí, algún tiempo antes que su hijo sabiamente decidiera hacerla su dama principal. Ay, pero nunca he tenido la oportunidad de oír el trino del pájaro pequeño. Entonces ¿una canción antes de que el "Tipo alto, guapo de la coleta" se la lleve?

Una promesa de invitar a la directora excéntrica a la próxima actuación del grupo—que no sería hasta que la pareja volviera de su luna de miel en Hawai—casi vino de la boca de Quinn. La mujer se rebelaría, e intentaría engatusarlos para salir con la suya, pero caramba, él se mantendría firme.

—¡Ah, qué buena idea, Srta. C! —Ryan le quitó la oportunidad—. No creo que a la otra banda le importe prestarnos sus instrumentos.

Steve se inclinó hacia adelante, mirando más allá de Quinn, a Mercedes:

—¿No sería algo buenísimo para recordar de su noche de bodas?

Sin siquiera esforzarse, Quinn hubiera podido nombrar miles de recuerdos de su noche de bodas mucho más memorables, pero Onix lo interrumpió:

—Sólo una canción —el cubano le dijo a Eileen—.

Estos dos quieren escaparse juntos y empezar su propia fiesta.

—¡Sí! Sí, es lo que queremos hacer —Quinn apoyó la noción—. Eso es exactamente lo que queremos hacer. Además, Eileen, créame. El grupo que mi padre contrató es mejor. Nosotros no somos tan buenos como ellos, francamente.

Las cejas de Ryan subieron en señal de indignación.

—¿Qué quieres decir? ¿Que nosotros no somos tan buenos?

Una voz imponente, rica con un acento, proclamó:

—Me encantaría oír a mi hija cantar.

Ésa no era una declaración general, hecha a quienquiera la escuchara. Y, ¿quién no se habría detenido ante esa voz? Hasta Eileen se calló prestando atención. Alejandro Romero le estaba hablando a su nuevo yerno. Quinn suspiró, sonriéndole al patriarca de la familia de mujeres bonitas. Al lado de él, Mercedes le dio a Quinn su más deliciosa, "haz esto y luego te recompensaré" sonrisa.

—Sería nuestro placer tocar para usted y para mamá, papá —él se resignó. Volviéndose a Eileen, le dijo, severamente—, Sólo una canción, ¿verdad?

—¿Le he pedido alguna vez que hiciera algo difícil? —Ella se rió, entrando de lleno en el papel de directora encantadora—. ¡De hecho, esto es lo que haremos! Como no pudimos tirarles el arroz en la iglesia, lo haremos al final de su canción, mientras usted y su novia encantadora se van. ¡Ah, sí, eso es magnífico! ¿Dónde está el "Hombre del lente de oro?" ¡Esperen, yo lo encontraré! ¡Esto será perfecto para el álbum de la boda!

—Está tratando de hacer bien —Mercedes susurró.

—No la vamos a esperar a que encuentre al fotógrafo. Vamos a hacer esto rápido. —Quinn se acercó más a ella—. Yo te quiero para mí. Lo más pronto posible.

El único retraso fue Ryan, quien con su esposa, Danielle, de la mano fue a la mesa del banquete para pedir permiso de la otra banda para usar sus instrumentos.

Una canción era una canción, y en deferencia a su suegro, Quinn seleccionó uno de los solos de Mercedes. La más nueva canción, una con ritmo latino. "Me gusta caliente" era unos cálidos seis minutos de duración, con fuerte instrumentación, con Onix proporcionando un sentido urbano en el teclado y Steve muy ocupado en los tambores.

Quinn admitió que se alegraba de no haber sido demasiado terco sobre la actuación sorpresa en su propia recepción. Era bueno ver a esas tres parejas juntas: Fernando e Isabel, sus padres y los de Mercedes. Eileen...bien, él supuso que sus intenciones eran buenas.

En un momento dado, Quinn había sacado a la directora hacia el piso de baile para un merengue, y ella había mencionado otro proyecto suyo. Aunque aún estaba en sus etapas tempranas, le habían pedido hacer un piloto para una comedia a ser grabada en *Manhattan*. Ella había indicado la fuerte posibilidad de poner a Mercedes en uno de los papeles principales.

Había tiempo, mucho tiempo, para que él pudiera persuadir a Mercedes de que considerara el proyecto. Estaría cerca de casa, y ella lo disfrutaría. Su felicidad era, como siempre, importante para él, y mirándola a su lado, él pensó que iba a nutrir esa alegría con todo su ser.

Steve acabó "Me gusta caliente" en una agitación estupenda de sus tambores. Ya. Quinn podía llevarse a Mercedes con él, mientras millares de granos de arroz caían en el escenario, pegándoles a los muchachos, cayendo principalmente sobre el novio y la novia. Quinn puso cuidadosamente de lado la guitarra del otro músico, tomó a Mercedes de la mano y empezó a caminar rápido hacia la izquierda de la plataforma.

El arroz bajo sus zapatos se volvió como hielo resbaloso, haciendo que su pie se deslizara. Todo sucedió rápidamente—demasiado rápidamente para que nadie lo previera, menos que nadie Quinn, que vio su pierna derecha volar en el aire.

Mercedes agarró su brazo, pero su peso fue demasiado

para ella, y él cayó estruendosamente en la plataforma. Los invitados abrieron la boca colectivamente mientras Quinn hizo una mueca de dolor del pinchazo que sintió en su trasero—que él sospechaba llevaría consigo en su luna de miel.

Sus ojos llenos de preocupación, Mercedes se arrodilló al lado de él, quitándole el pelo de la cara.

—¿Estás bien? —Entonces ella agitó la cabeza, sonriendo con amor—. ¿Cómo es que te metes tú en estas?

¡BUSQUE ESTAS NOVELAS DE ENCANTO!

__Sueños de Isabela
por Tracy Montoya $3.99US/$4.99CAN

Por amor de la arqueología Isabela Santana perdió el amor de Mateo Esquivel. Ahora, en plena selva de Honduras, están pasando largos días y noches en la calurosa tierra tropical. Pronto unas preciosas reliquias mayas son descenterrades—como así también la salvaje passión enterrada que ninguno de los dos puede negar . . .

__Destino: Amor
por Reyna Ríos $3.99US/$4.99CAN

Aislada en una ciudad remota de Texas, la madre soltera Josie Hernández quiere mostrarles a todos que puede cuidar a sí misma y a su hijo sin la ayuda de nadie—¡especialmente de Rafael Santos! Pero Josie no tiene la menor idea que el sheriff oscila entre querer que ella desaparezca . . . y desearla en su cama.

__Primer amor
por erica Fuentes $3.99US/$4.99CAN

Veinte años después de que Gina Ramón amó—y perdió—a Miguel López Garza, ella se reúne con quién nunca más pensaba volver a ver. Aunque el guapo y exitoso Miguel podría tener cualquier mujer que él quisiera, anhela casarse con Gina. Pero todo hace pensar que se le escapará una vez más . . .

__La Conquista
por Lara Ríos $3.99US/$4.99CAN

Cuando Tess Romero y su compañero de trabajo Logan Wilde se van a la lejana Patagonia para finalizar un acuerdo de negocios, ellos pronto son arrebatados por un romance a bordo del buque. La pasión ardiente lo hace demasiado fácil a tess y Logan olvidar la dura realidad del mundo de negocios que los espera—un mundo en el cual solamente uno de los dos puede sobrevivir . . .

Por favor utilice el cupón en la próxima página para solicitar estos libros.